講談社文庫

浜村渚の計算ノート

青柳碧人

講談社

イラスト　桐野《きりの》壱《はじめ》

log10.

『ぬり絵をやめさせる』

√1 数学少女登場

警視庁に設置された「黒い三角定規・特別対策本部」に、その少女が初めて連れてこられたとき、僕は目を疑った。

「数学大得意少女」という触れ込みから、僕はすっかり、縮れた毛の、丸メガネの、うつむき加減の、とにかくそういった優等生タイプの女の子を想像していたからだった。

それがどうだろう？

艶《つや》のあるショートカットの前髪を自然に分け、右側のほうにピンク色のヘアピンをつけている。顔の輪郭《りんかく》はシャープと言うよりは丸く、とろんとした二重《ふたえ》まぶたに、不安げな長いまつげ。背は低く、顔立ちも体つきもまだ子どもっぽいが、あと何年かすれば間違いなく世の男どもを虜《とりこ》にするであろう、美少女のタマゴだったのだ。

「浜村渚《はまむらなぎさ》さんです」

千葉県警の木下《きのした》という女性刑事が声を潜《ひそ》めるようにして紹介すると、ブレザータイプの制服に身を包んだその中学生は、僕たちの顔を眺めながら、軽くお辞儀した。

初対面である対策本部の面々はみな、僕と同じく、動揺している。

——こんな子どもが「救世主」だって？

「対策本部長の、竹内《たけうち》です。よろしくお願いします」

動揺しているのは本部長も例外ではないらしい。

「あ、よろしくお願いします」

本部長に対して軽く頭を下げたとき、彼女の声を初めて聞いた。緊張が伝わってくる。

それはそうだ。中学生にして、警視庁、しかも今もっとも世間を騒がせている「黒い三角定規事件」の対策本部に連れてこられたのだ。

「おい、武藤《むとう》、ちょっと……」

少女に見とれていると、竹内本部長が袖《そで》を引っ張って、僕を部屋の隅へと連れていった。

「なんです？」

「お前、信じられるか？　あんな子どもが、黒い三角定規と張るほどの実力を持っているなんて」

「うーん、どうでしょう？」

「俺には信じられん。いくら数学が得意だと言っても、まだ子どもじゃないか」

答えに困る。

同感は同感だ。だが少なくとも、学生時代以来数学は苦手で、しかももう何年も数学らしい数学に触れていない僕たちよりは、現役中学生のほうがよっぽど、数学が出来る気がした。

「ちょっとちょっと、冗談《じょうだん》でしょう？　こんな女の子に協力を頼むなんて！」

そのとき、瀬島直樹《せじまなおき》がバカにしたように笑い飛ばしたので、本部長は同調者が現れたとでも言いたげに、僕から瀬島のほうに顔を向けた。

「いえ。本気です。千葉県警を代表して、彼女を推薦します」

木下のほうは一歩も引き下がる様子を見せない。細い黒ぶちメガネが、蛍光灯の光を反射する。瀬島も態度を全《まった》く変えずに、ふんと鼻で笑った。数学とは縁遠いと言え、天然パーマの髪の毛の中に手を入れる彼の顔からは、エリート帰国組のプライドが漂《ただよ》っている。

浜村渚は、自分がバカにされたことを少し気にしたのか、木下の顔を不安げに見上げた。

「おい、瀬島、お前、あれで勝負してみたらどうだ？」

本部長が瀬島の背中をつついた。

「あれ？」

「いつもやってる、数字、埋めていくやつ」

「ああ、ナンバープレイスですか」

瀬島の顔はさらに高慢《こうまん》になっていった。

ナンバープレイスというのは、パズル雑誌には必ず載っているようなパズルである。九×九の八十一個のマスが、九マスの正方形の太枠で九つに分けられており、あらかじめ入っているいくつかの数字をヒントに、縦横全《すべ》ての列、さらに正方形の枠の中にも重複しないように、1から9までの数字を埋めていくというものだ。瀬島はこの対策本部に配属されてからというもの、毎日このパズルに取り組んでいた。彼なりの特訓ということだろう。エリートのやることは、いちいち鼻につく。

すぐさま、二人の目の前に、全く同じナンバープレイスが用意された。市販雑誌からコピーされた「上級編」の一問で、ほとんどのマスが空いたままである。これを全て、先に埋めたほうが勝ちというのだ。

「それじゃあ、始めよう」

竹内本部長はいつの間にか積極的に仕切り始めていた。瀬島も木下も乗り気で、当の女子中学生だけが一人、黙ったままイスに腰掛けて、目の前のマスを眺《なが》めている。別に困惑している様子もないが、何か不思議な光景だ。

一刻を争う国家の危機の真っ最中だから、本当はこんな、のんきなパズル勝負をやっている場合ではないはずなのだけど……。

「よーい、スタート」

本部長が号令をかけるや否《いな》や、瀬島はペンを取って、わかるところから数字を埋め始めた。8、9、9、4……もともと頭はいいだけあり、毎日の特訓の甲斐《かい》もあって、スムーズなペンの運びだ。

一方、浜村渚はと言えば、ブレザーの胸ポケットに刺してあったピンクのシャーペンをゆっくりと抜き出し、カチカチと芯を出しはじめるところだった。一度長めに芯を出し、紙の上に押し付けてちょうどいい長さまで押し戻す、という特徴的な芯の出し方だ。

瀬島が順調に数字を埋めていく横で、彼女はきゅっと口を結び、長いまつげの二重まぶたの奥からマス目をじっと眺めたまま、銅像のように静止した。右手はピンクのシャーペンを握り、左手は左側の前髪に添《そ》えたままだ。

そのまま、一分。

長い長いストップモーション。いくら待っても、一マスも埋まらない……まったく見当もつかないようだ。

瀬島が、チラッとその様子を見て笑った。

「やっぱり、難しすぎるかな、上級編は？」

余裕しゃくしゃくの声だ。数学が得意と言っても、やっぱり、普通の中学生だ。救世主と呼ぶには程遠《ほどとお》い――僕も、そのときはそう思った。

千葉県警の木下が焦《あせ》りの表情を浮かべる。しかし、当の浜村渚は、全く意に介していないようだった。相変わらず、ずっとマス目を見つめている。まるで、何かにとり憑《つ》かれたように。

しばらくその様子を見ていて、僕の背筋に、少し寒いものが走った。大丈夫だろうか？　そもそも、ルールを知っているのか、それすら怪しいのではないか？

「浜村さん？」

木下がたまりかねて声をかけたその瞬間だった。

スッと彼女のシャーペンが動き、一番左上のマスに、「6」と書かれた。

ずっと閉じていた彼女の唇《くちびる》が少し開いた。少し、笑っているようにも見える。

そして彼女はそのまま、空いているマスを、左から右に向けて順に埋めていった。

Σ

高木源一郎《たかぎげんいちろう》……現在、日本を震撼《しんかん》させているテロ組織の主導者、「ドクター・ピタゴラス」の本名である。

日本を代表する数学者であり、教育界でも名の知れた彼が、どうして戦後最悪のテロリストと呼ばれるまでになってしまったのか。それにはこんないきさつがある。

ことのおこりは、ある心理学の権威《けんい》が、少年犯罪の急増の理由を、義務教育の内容と関連付けた論文を発表したことだった。文部科学省はこれを受け、小中学校における教育内容を一新させることにした。

刷新の大きな柱として導入され始めたのは「心を伸ばす教科」だった。他人を尊敬し弱者をいつくしむ心、芸術や心身鍛錬《たんれん》を愛する心……道徳、読書、音楽、絵画、工芸、書道、園芸、料理、グラフィックアート、演劇などといった科目が比重を大きくしていった。

必然的に、従来「勉強」と呼ばれてきた科目の内容は次々と削られていった。社会科は社会の構成員の意識を強めるため「公民」の比重が大きくなったが、地理は自分の住む地方のことのみ、歴史に至《いた》っては「曖昧《あいまい》さ」を理由に鎌倉時代より前がバッサリ切られてしまった。

しかし、それ以上に削除されたのは理系科目だった。「物事を数値化し、数理現象・物理現象など事実だけを重んじる科目は、心を尊重し他人をいつくしむ人間性を否定しうる」というのがその理由だった。結果、数学と理科はともに週に一回、しかも休日になることが多い月曜日に指定されて内容も希薄《きはく》になり、もはや「科目」とすら呼べない状況になってしまった。

もちろん、教育刷新会議に参加していた理系科目の担当者たちは猛反対した。しかし、文部科学省の方針は揺らぐことはなかった。もはや政府にとっての教育の目的は「少年犯罪の撲滅《ぼくめつ》」にあり、理系科目はまったく意味を成さないと判断されていたのだ。

その、新しい学習指導要領にのっとった授業が全国的に開始されて一年が過ぎようとしていた頃、インターネットのフリー動画サイト「Zeta Tube」を通じて、あの数学テロ声明がなされたのである。

画面にはまず、二枚の三角定規をかたどった黒いマークが流され、しばらくして一人の初老の男性が映し出された。白髪交《ま》じりの薄くなった髪の毛をしっかりとなでつけ、年齢にそぐわない細いレンズのサングラスをかけた白衣姿のその男こそ、ドクター・ピタゴラス、高木源一郎その人であった。

「私は、義務教育における数学の地位を向上させることを要求する。そのため、日本国民全員を、人質とすることにした」

彼はそう言い放《はな》ち、黒い革手袋をはめた手で、一枚のCD－Rを画面に見せた。

「知っているだろう？　これは、私が手掛けてきた数学教育ソフトだ」

ここ二十年ほど、全国の高等学校の数学教育では、公立・私立を問わず、彼の作ったパソコン用ソフトが公式の教材として用いられてきた。少し大きく解釈すれば、日本の高校生全員が、彼に数学を教わっていたことになる。

「私は密《ひそ》かに、ソフトにある種の信号をプログラムしてきた。日本国内の高校に通っていたことのある人間は皆、このソフトを通じて私の信号を受け取っている。予備催眠と受け取ってもらってもいい」

なんということだ。彼は、高校での教育を通じて、日本国民全員に予備催眠をかけていたというのだ。

「私は、その信号を使って、君たちの脳に直接語りかけることができる。すなわち、私の命令で日本国民の誰もが……」

ニヤッと笑う。

「殺人者にもなれるのだ」

インターネット回線の向こうの理系男の狂気に、誰もがゾッとした瞬間だった。

「安心して欲しい。私の目的はこの国を混乱に陥《おとしい》れることではない。ただ、数学の価値をもう一度考え直して欲しいだけだ。政府に一ヵ月の猶予《ゆうよ》を与える。この国の子どもたちに、もう一度、楽しい数学を」

映像はここで途切れた。

政府の対応は迅速《じんそく》だった。しかしそれは、テロリストの要求を鵜呑《うの》みにすることではなかった。

まず、高木の作った数学教育ソフトは新旧問わず全て回収され、廃棄《はいき》された。また彼の著作も日本中から回収された。この政府主導の数学排斥《はいせき》運動は、サングラスの向こうの高木の表情とあいまって、国民の中に「数学は殺人鬼を育てる学問」というイメージを作り上げ、学校教育から数学は完全に姿を消してしまった。皮肉なことに、高木の思惑《おもわく》とは真逆《まぎゃく》の結果になってしまったのである。

警視庁にも、「黒い三角定規・特別対策本部」が設置され、人員が集められた。しかし、この対策本部には設置当初から問題があった。例の数学ソフトは二十年前から全国の高校で導入されたため、三十九歳以上の警察官しか対策本部に入れないという状況が生まれていたのだ。さらに、ソフトを一度も見ていないかどうか、詳細な調査がなされるため、数学テロに対抗するはずなのに、まったくの数学オンチたちが集まってしまったのである。

そんな壮年層ばかりの対策本部に、三人だけ例外の二十代がいた。一人目は瀬島直樹、高校卒業までアメリカで過ごしたためにまったく高木の数学ソフトを見たことがないということだった。二人目は大山《おおやま》あずさ、亀鳴島《かめなきじま》という沖縄県の離島の出身で、信じられないことにこの島では数学ソフトの導入が二十年間もなされないままだったようで、大山はこのソフトのことを、事件が起こって初めて知ったというのである。

そして、三人目が、武藤龍之介《りゅうのすけ》、つまり、僕だ。僕の話は、まぁ……長くなるから、ここでは控えておこう。しかし、誓って言うが、僕はその、高木が作ったという数学ソフトを見たこともないし、それだからこそ対策本部に入れてもらえた。そうしてとにかく、僕たち三人を含む対策本部は動き出した。

対策本部は高木の居場所を突き止めるのにかなりの時間を使ったが、彼と、彼が籍を置いていた大学の研究生たち（高木のゼミ生たち）の行方はまったくつかめなかった。世間で、前よりもさらに数学がないがしろにされつつあることなどまったく気にしないかのように、高木一味は完全に影を潜めてしまった。あの、数学テロ声明以来、インターネット回線にも登場しなくなったのだ。

そして、猶予期間の一ヵ月が何事もなく過ぎ去ったかに思えたある日、初めの事件は起こった。

長野県、茅倉《かやくら》市。とあるマンションで、一人のサラリーマンが絞殺《こうさつ》死体で発見された。被害者はその部屋の住人で、明石《あかし》浩二《こうじ》、三十二歳だ。

長野県警も当初は、普通の殺人事件だと思ったらしい。しかし、一つだけ他の殺人事件と違うところがあった。

現場に残されていた一枚のカードに、二枚の三角定規がかたどられたテロ組織のシンボルマークがプリントされていたのである。

浜村渚は、全てのマスを数字で埋め尽くすと、ピンクのシャーペンの芯を紙に押し付けて引っ込め、そのままブレザーの胸ポケットにしまいこんだ。そして、本部長の顔を覗きこんで、

「これで、あってると思いますけど……」

と、小さな声で告げた。

「そんなバカな！」

焦った声でガタッと立ち上がったのは、もちろん瀬島だ。彼のパズルは、まだ空欄のほうが多い。このパズルをまっとうに解こうとすると必ずぶち当たる、〝ロジックの谷〟にはまってしまい、考え中のところだった。

瀬島は浜村の解いたパズルを食い入るように見つめ、さらに自分が途中まで解いた数字がそれと合致《がっち》することを確かめ、敗北を認めてがっくりと頭《こうべ》を垂れた。

「どう、やったんだ？」

竹内本部長も信じられないという口調でつぶやいた。僕も同じ気持ちだ。

Σ

というのも、彼女の解き方は、このパズルの常識からまったくかけ離れていたからだ。このパズルは、同じ列や枠の中の数字の配置を見て、わかる場所から埋めていかないと解けないはずなのだ。そうしなければ、いつか辻褄《つじつま》が合わないマスが出てきてしまう。

それを、浜村渚は、左上から右下へと順に、一瞬も止まることなく埋めてしまった。一番左上の「6」を書いてから、一番右下の「4」を書くまで、実に三十秒足らずだった。まるで、前から答えを知っていたかのような解き方だ。

頭の中で、全てのマスを埋めてしまってから実際にそれを書いていくという方法しか、考えられない。まさに、奇跡の能力である。

「これが、彼女の実力です」

千葉県警の木下だけが、満足したようにニコニコ笑っている。

周りにはいつしか、この珍しい対決を見ようと、対策本部の壮年警察官たちが集まっている。いつも高飛車《たかびしゃ》な瀬島が敗北したのを見て、心なしか嬉しそうな顔もあった。たくさんの大人たちに囲まれ、浜村渚は申し訳なさそうにうつむいている。

どうやら、目の前の中学生がこの数学オンチ集団において、結構な戦力になってくれそうなことを、誰もが納得し始めたそのときだった。

ゴトンと音がして、あわただしげに入ってきた女がいた。

大山あずさである。

「ちわーっ、遅れましたー」

南国生まれの彼女の時間の感覚は、僕たちとは違う。彼女は遅刻の常習犯なのだ。

もちろん、本人に自覚はない。

耳から iPod のイヤホンを抜き取る大山の傍若無人《ぼうじゃくぶじん》な態度に、対策本部の上司たちが、怪訝《けげん》な顔を並べる。

「歯磨き、行ってきまーす」

カバンを部屋の隅にどーんと投げると、彼女は再び部屋を出ていった。

√4　被害者たちの共通点

ドクター・ピタゴラスが再び世間の前に姿を現したのは、明石浩二が殺された日の夜だった。例の、動画サイトである。

「私は政府に一ヵ月の猶予を与えたはずだ。しかし、政府がしてきたことは、数学への冒瀆《ぼうとく》以外の何物でもない」

怒りに満ちた口調で言うと、彼は人差し指を立てた。

「私は、本日から、弟子たちと共に、ある数学の問題の実証《じっしょう》を始めた。茅倉市で起きた殺人事件は、その第一歩である。数学を理解しないものに、われわれを止めることはできないだろう」

サングラスの向こうの表情が、また、不気味《ぶきみ》に笑う。

「私の数学ソフトを見たことがある者に、携帯電話の回線を使ってアットランダムに信号を送ることにする。君たちの友人が殺人者になる確率は、『同様に確からしい』というわけだ」

自《みずか》らのジョークに、くすくすと笑う高木。もはやこの男は、数学者などではなく、他人に殺人を代行《だいこう》させる卑劣《ひれつ》な殺人鬼に他ならない。

「それでは、諸君《しょくん》が、少しでも真実に近づくことを期待する。Have a nice math.」

映像はここまでだった。

次の日、第二の殺人が起こった。現場は茅倉市の隣、飯田村《いいだむら》市。被害者は伊勢崎《いせざき》ちとせ、七十八歳の一人暮らしの女性で、後頭部を鈍器《どんき》で殴られていた。死体の近くには、前日の事件同様、黒い三角定規のカードが残されていた。

対策本部は長野県警と連絡を取り合い、事件に当たった。そして、やっと伊勢崎殺しの犯人を見つけたところ……なんと第三の殺人が起こってしまった。同じく長野県、熊岡《くまおか》市のＯＬ、矢島葵《やじまあおい》が川で溺死体《できしたい》となって発見されたのだ。

その後、一日おきくらいに、長野県の各市で一件ずつ殺人事件が起こるようになった。世間、特に長野県は恐怖に包まれた。

対策本部は焦った。

伊勢崎ちとせ殺しの犯人である青年は、殺人を犯したときの記憶がまったくないと証言した。携帯電話に出たとたんに甲高《かんだか》い音が聞こえてきて、それ以降意識が飛んだというのだ。例の「信号」が原因で人を殺してしまったとしか考えられなかった。高木源一郎の犯行声明が本当であることを、思い知らされてしまったのである。

被害者が増え続ける中、対策本部は数学の能力の高い協力者を民間の中に求めるようになった。しかし、探すのは至難《しなん》の業《わざ》だった。なにしろ、ここ二十年の間、一日でも高等学校に通っていたことのある人間は『同様に確からしい』確率で殺人者になる可能性がある。候補は三十九歳以上か、十五歳以下になるのだが、三十九歳以上の国民で数学をかじったことがある者が高木のソフトを見たことがないわけもなく、対象範囲は十五歳以下に絞られた。しかし、都合の悪いことに、高木源一郎は、全国の小中学生向けの学習塾で使用される数学ソフトも手掛けていたのである。

塾に通ったことのない小学生か中学生で、数学に傑出《けっしゅつ》した能力を持つ人物……そんなの、皆無《かいむ》に等しいだろう。そう思っていた矢先《やさき》、千葉県警が見つけてきたのが、浜村渚というわけだった。

麻砂《ますな》第二中学校という、普通の市立中学の二年生であるという彼女は、今どき珍しく塾にも通っていないらしい。にもかかわらず数学だけは得意なことで、近所で評判だということだった。

「数学大得意な救世主」……その触れ込みが大げさな表現でないことを僕たちが知ったのは、前述の通りである。

Σ

浜村渚は、左手で前髪をいじりながら、ホワイトボードにずらっと並べられた被害者たちの顔写真と基礎情報を、長いまつげの向こうからじっと見つめた。

「32、78、24、55、41……」

少女の口から出ている数字は、被害者たちの年齢である。これらの数字に何かを見出そうとしているようだった。

対策本部と長野県警がそろって頭を抱えていたのは、なんと言っても被害者たちがなぜ殺されたのかがわからない点だ。年齢、職業、性別、それどころか殺され方や、恐らく加害者までもバラバラであり、お互いのつながりも見えない。遺体のそばに黒い三角定規のカードが落ちていたことと、長野県民であることを除けば、彼らの共通性がまったく見えなかった。

——数学を理解しない者に、われわれを止めることはできないだろう。

高木がインターネット上で発した不敵な言葉が、僕の頭の中で何度も繰り返された。

被害者の年齢や住所が何らかの数列になっているのではないかという説は、すでに瀬島が言い出していた。しかし、その規則性はつかめていない。高木源一郎もあの声明以来、再び影を潜めてしまったので、何のヒントも得られないままだ。

僕たちは、浜村渚が答えを見つけてくれるのではないかと期待を寄せ、彼女とホワイトボードの被害者たちを見比べ、少し沈黙した。

「……だめだ。規則のありそうな数列じゃないです」

彼女はそう言いながら、本部長の顔を申し訳なさそうに見た。

一同、失望の空気。

「やっぱさぁ、順番、関係ないんじゃない？」

薄焼きせんべいをボリボリとかじりながら、大山あずさがつぶやいた。僕と同じく数学のことなんか何も知らないくせに、本当に遠慮がない。

「なぜ、そう思うんだ？」

竹内本部長が聞き返す。大山は並み居るベテラン刑事たちに萎縮《いしゅく》した様子もなく、パンパンと手をはたいてせんべいの粉を落とすと、むくっと立ち上がって浜村の横に立ち、七番目と八番目の被害者のところを指差した。

「小田《おだ》徳郎《とくろう》と、青野《あおの》宏道《ひろみち》。同じ日の同じくらいの時間に殺されてますよね、本部長」

「ああ、確かに」

「小田のほうが発見されたのが先だったけど、青野のほうが先に発見されててもおかしくないと思うんですけど」

色気のないボサボサのショートカット。黒の割合の多い目をしているわりに女らしさを感じさせないこの女には、確かに鋭いところもある。

「なるほど」

「もし、順番が関係ないとしたら、数列じゃないってこと？」

僕が聞くと、大山は鼻から息を出すようにして笑った。

「だから、わかんないって。あたし、数学苦手だし」

「数列じゃないとしたら、一体なんなんだよ、言ってみろ」

瀬島が割り込んできた。自分が言い出した分、数列だということにしたいらしい。

「わかんないって言ってるでしょ！」

大人たちが険悪になる横で、浜村渚は、トコトコと部屋の隅に歩いていき、置いてあったスクールバッグの脇にしゃがみ込んでチャックをジーッと開けた。すっ、とバッグに手が入れられ、中から一冊のノートが登場する。表紙中央には大きく、さくらんぼの絵が描かれていた。

何をするつもりだろう？……僕が見つめていると彼女がこっちを見て、目が合った。とろんとした二重まぶたの奥の目は、第一印象とは少し違って見えた。何かに気づいたのだろうか。

「武藤さん、でしたっけ？」

「あ、ああ」

初めて名前を呼ばれたので、戸惑《とまど》ってしまった。

「長野県の地図、あったら、見せてください」

「いいよ」

僕は一度奥の棚へと地図を取りに行き、長野県の部分だけをコピーして、再びホワイトボードの前に戻った。大山と瀬島がなにやら言い合いをしている横で、浜村渚はちょこんとパイプイスに座り、あのピンクのシャーペンで何かをノートに書いていた。後ろから、竹内本部長や他の先輩刑事たちがそれを覗き込んでいる。

「持ってきたよ、長野県の地図」

「ありがとうございます。置いといてください」

僕はそばの机に地図のコピーを置いて、ノートを見た。

――あかしこうじ、いせざきちとせ、やじまあおい、くろだひとし、よしのあかね、きたむらけんすけ、おだとくろう、あおのひろみち

被害者たちの名前が、ひらがなで書かれている。中学生らしい、丸みのある文字だった。

しばらく自分の書いた名前をじっと見たあと、浜村は何かを確信したように立ち上がり、再びスクールバッグに歩み寄った。今度は、大きなペンケースが出てきた。

「あ、マリーちゃんだ」

大山が反応する。

「可愛いよね、マリーちゃん」

どうやら、ペンケースに描かれている猫のアニメキャラクターのことを言っているらしい。浜村渚はにっこり笑ってそれに応え、再びイスに座ると、ペンケースの中から赤い蛍光マーカーを取り出した。

「何か、わかったの？」

本部長が尋ねた。

「たぶんですけど」

言うと彼女は、ノートの文字のある一部をマーカーでなぞった。そして、今度は黄色のマーカーを取り出し……ノートに書かれたシャーペンの文字は、次々に彩られていった。

――――『あか』しこうじ、いせざ『き』ちとせ、やじま『あお』い、『くろ』だひとし、よしの『あか』ね、『き』たむらけんすけ、おだと『くろ』う、『あお』のひろみち

『くろ』の部分は灰色のマーカーでなぞられているが、彼女の言いたいことは一目《いちもく》瞭然《りょうぜん》だった。被害者の名前にはすべて、色の名が含まれている。

「これが、なんだって言うんだ？　数学か？　ただの言葉遊びだろうが」

瀬島がわめき出した。確かに、数学には関係なさそうだ。

「塗ってみればわかります。えっと……」

彼女は僕がコピーしてきた長野県の地図を手に取り、ホワイトボードと見比べた。

「この、ナントカくら市って、どこですか？」

指差されたホワイトボードの文字は、初めの被害者、明石浩二が殺された茅倉市だった。

「ここだよ」

僕が地図上の茅倉市を指差すと、浜村渚は先ほどと同じ赤いマーカーで、茅倉市を塗りつぶし始めた。

もう誰も口を挟まない。対策本部の全員がその場に集まり、中学生のぬり絵の様子を真剣に見つめている。

やがて、八つの市が塗りつぶされた。

「ね？」

「わからんな。どういうことだ？」

「隣同士は、違う色です」

浜村渚は本部長にそう答えた。改めて地図を見ると、確かに彼女の言うとおり、隣り合う市は違う色になるように配慮されているようだった。

「これが、数学か？」

瀬島が再び、バカにしたように笑う。

「はい。四色問題です」

「よんしょくもんだい？」

「ちょっと前に読んだ本に書いてありました。どんな地図でも、四色あれば、隣り合う国が同じ色にならないように塗り分けることが出来る」

どんな地図でも……？　頭の中に、適当な地図を思い浮かべる。

確かに、四色あれば、境界線を挟んだすぐ隣のエリアが同じ色にならないように塗り分けられそうだ。

「そんなの、当たり前だろう？」

瀬島が言うと、浜村は驚いたように目を見開いた。

「当たり前？　証明できます？」

「そんなの、地図を用意して塗っていけば……」

「三色だけでは無理なことは、そういう地図を提示すれば、簡単に証明できます。だけど、五色以上は必要ないことを証明するのは、とても難しいことなんですよ」

「うーん……」

「実際、この問題、証明されるのにすごく年月がかかったはずです」

数学のことになると、饒舌《じょうぜつ》になるらしい。初めの寡黙《かもく》なイメージを、浜村渚はどんどん払拭《ふっしょく》していった。

そのギャップに、瀬島も押されたようだった。

「しかし、本当にその、四色問題の実証が、黒い三角定規の殺戮《さつりく》の目的なのか？」

竹内本部長のいぶかしげな声。

色を塗る代わりに各市でその色が名前に入った人間を一人ずつ殺していく……確かに、いくら高木源一郎が狂気の殺人鬼だとしたって、突飛《とっぴ》過ぎる。

「対策本部長！」

そのとき、一人のベテラン刑事が、コードレス電話の子機を持ったまま走り寄ってきた。一気に、雰囲気が殺気立つ。

「長野県警からです。また、被害者が出ました！」

「何？」

「現場は、小幌《こぼろ》市中居《なかい》町です」

一同は、とっさに浜村の手の中の地図を見た。小幌市と隣接している市のうち三つは、すでに黄色、青、灰色に塗られている。もし、浜村渚の言うことが正しければ、被害者の名前には『あか』が入っているはずだ。

「それで、被害者は？」

「赤城玲子《あかぎれいこ》、四十歳の主婦だそうです」

それは、僕たちが浜村渚の実力を改めて知らされた瞬間であった。

√9 避難勧告と謎の人物

浜村渚がクリアファイルから出したのは一枚のプリントだった。粗末《そまつ》なわら半紙、どこか懐《なつ》かしさを感じさせる。

「社会の宿題なんですけど……」

タイトルは「地方自治について」というものだ。

「私、社会、全然わからないんですよ。って言うか……」

浜村渚は、細い眉毛をひそめ、声を少しだけ小さくした。

「社会の先生がウザいんです」

すっかり、普通の女子中学生だ。彼女も、次第に打ち解けてきたようで、少し嬉しかった。

「ウザい？」

「なんかー、教育改革で、社会の内容がすごく変わったじゃないですか。でも、うちの先生は、そんなの子どもをダメにするだけだって言って、わざと難しいことをやるんですよ。誰も授業の内容なんかわかってないです。自分の説明が悪いくせに、なんでこんな簡単なこともわからないんだ！　って、勝手に怒るんですよ」

浜村渚は静かにヒートアップしていき、ため息をついた。

「社会、マジ、ウザい……」

教育内容の急激な変化は、こういう形で子どもにプレッシャーをかけることもあるのだ。少し、やりきれない気持ちになる。教育は子どもたちのためのものであって欲しい。その教育が、子どもたちにストレスを与えるとすれば、原因はやっぱり、大人の勝手な態度にあるのだろう。

「いいよ。宿題、手伝ってあげるよ」

改めてプリントを見る。地方自治についての課題だ。「住民の権利」「各委員会の組織」「地方財政」のいずれかからテーマを選んでその内容と問題点についてレポートを書けというものだった。確かに、中学二年生にとっては難しい内容かも知れない。社会が嫌いだったら、なおさらやる気も出ないだろう。

「ありがとうございます」

浜村渚は安心したようににっこり笑った。

「ところで、長野の人たちの避難は、どうですか？」

「ああ、もう、ほぼ、終わったらしい」

黒い三角定規の目的が四色問題の実証にあると判明した今、当面の被害拡大を防ぐ方法は、明確であるように思われた。すなわち、今までに事件が起こった付近の市で、名前に『あか』『あお』『き』『くろ』のいずれかが入っている住民を避難させることである。かなり大掛かりな移動なので、長野県警をあげての大事業になった。対策本部からも、瀬島や大山を含む大多数の人員が現場である長野県に出払っている。対策本部長と共に有事に備えて留守を任されているのは、僕と二、三人のベテラン刑事のみだ。

浜村渚は、その閑散《かんさん》としていた対策本部に、先ほどふらっと現れたのだった。今日は、千葉県警の木下同伴ではない。無理もない。木下は三十二歳。警察官とは言え、『同様に確からしい』殺人者候補の一人なのである。

「外国の人たちも大丈夫ですか？」

「瀬島が、そっちもしっかりやっていると思う」

redやblackなど、他言語で色を表す単語が名前に含まれる外国人居住者にも避難を勧告すべきと、一番初めに言ったのは瀬島だった。帰国組の意地といったところだろうか。

「やっぱり、みなさん、頭がいいですよね」

「一般市民の安全を守るのが、警察の仕事だから」

僕の答えに、浜村渚はにっこり笑った。

「今から塗ろうとしている地図の場所に、その色の名前の人がいなかったら、殺せないですよね。ちゃんと市民の安全を守っていることになりますよね」

「いや」

僕は、前日の本部会議で出た話題を頭の中に蘇《よみがえ》らせた。

「根本的解決にはなっていない」

「え？」

浜村渚の眉毛が不安そうに傾いた。

「このまま住民たちを避難させても、高木源一郎とその一味を逮捕しないと。住民たちはいつまでも自分の家に帰れないことになってしまうからね」

「あ……」

「何しろ、全日本国民が人質に取られている以上、どんな状況でも安心はできないよ」

「そうですね、のんきなこと言って、ごめんなさい」

彼女の目が、伏目がちになった。まつげが長いので、少しの表情の変化でも、泣き顔に見えてしまう。

「ごめんごめん、そういうつもりで言ったんじゃないんだけど」

気まずい空気になった。

新宿の交番に勤務していたとき、夜中の十二時を過ぎてもそこらをうろついている中学生を補導したことがある。女子中学生と話をするのは、あれ以来かもしれない。しかもあの中学生たちは敬語もまともに使えない、行儀の悪い子ばかりだった。こんなに、ちゃんと話をできる中学生も、まだこの国にはいるのだ。

そんな変な感心が、遠慮に変わり、何を話せばいいのかわからなくなった。

「もし……」

長い沈黙の後、浜村が、うつむいたまましゃべり出した。

「誰も殺す相手がいなくなっちゃったら、あきらめるんでしょうか？」

「え？」

僕の遠慮など、気にしていないようだった。

「名前に四色のどれも入っていない人ばかりになったら、どうするつもりなんでしょうか」

「あ、ああ。とにかく、向こうから何か言ってくる可能性はあるね」

「向こうって、ドクター・ピタゴラスですか？」

その名を口にするとき、彼女の声は震えた。やっぱり、人を操って殺人をさせる凶悪犯罪者ということに恐れを抱いているのだろう。少し、可哀想《かわいそう》になった。

ふと思い立ち、彼女の名前を頭の中でひらがなに変換する。

――はまむらなぎさ
大丈夫、彼女が被害者になることはないはずだ。

妙な安心感を覚えたそのとき、ドアが開いて、本部長が入ってきた。

「あ、こんにちは」

「おお、来てたのか」

本部長は浜村渚にぎこちない笑顔を送ると、僕の後ろに回りこんで、手持ち無沙汰《ぶさた》にホワイトボードを見た。少し疲れているようだった。

一昨日に浜村渚が高木の目的を四色問題の実証であると見破ってからというもの、

本部長はマスコミ対応に追われている。これだけ被害者の多い事件が、世間の注目を浴びないはずはなかった。

「武藤、住民の移動、ほぼ終わったそうだ」

それでも、仕事は忘れない。どうやら、瀬島たちと連絡をとっていたようだ。

「そうですか。早いですね」

決まりきった返事を返す。

本部長はなにやら、ソワソワしている。恐らく、僕と同じことを考えているからだ。マスコミを通じて、警察が事件の真意に気づいたことを、高木源一郎も知るはずだ。そろそろ、本人が、直接コンタクトを取ってきてもおかしくない。

浜村渚ほどではないにしろ、僕だって恐れを抱いているのは事実だ。数学をテロの道具にする、狂気の殺人鬼。フリー動画サイト「Zeta Tube」で見た彼の冷たい表情が、頭の中に蘇る。

そして、来る《きた》べき時間は、意外と早くやってきた。

「本部長、電話です」

ベテラン刑事の一人がその電話を受けたのは、一時間も経たないうちだった。

Σ

「マサカ、コンナニ早イ段階デ気ヅカレルトハ、思ワナカッタヨ」

電話をかけてきた相手は、高木源一郎本人ではなく、その忠実な部下だと名乗る人物で、今回の長野での「四色問題殺人」を主導していることを自ら言い放った。ボイスチェンジャーを使っているらしく、声から年齢や、性別すら判断できない。

「日本ノ警察モ、マダマダ捨テタモンジャナイナ」

ブハッ、ブハッ！　耳障《みみざわ》りな笑い声が響く。

受話器をスピーカーにつないでいるので、部屋中にその声が聞こえるようになっているのだ。相手には、本部長の前にあるマイクで話しかけることが出来る。

「お前たちの目的は、なんなんだ？」

「モクテキ？」

本部長の問いに、声の主は少し沈黙した。

「今サラ何ヲ聞クンダ？　……数学教育ノレベル向上ダヨ」

「お前たちがテロ行為をやめない限り、数学の立場はどんどん悪くなるんだぞ！」

「ウルサイ！」

犯人の怒号《どごう》に、僕の横で浜村渚がビクッとした。

「コレクライノコトデ、ワレワレガ実証ヲヤメルトデモ思ッタノカ？」

一つ一つ言い聞かせるように、声は告げた。

「なんだと？」

「石畑《いしはた》市、川田《かわだ》町３ノ14ノ２。新タナ色ガ、ソコニアル」

空気が凍りつく。

彼らにとって、被害者たちはただの「色」でしかないのだ。

ブハッ、ブハッ！　再び笑い声が聞こえた。

「セイゼイ、策ヲ講ジルガイイ。ワレワレハ、実証ヲヤメナイダロウ」

プツゥと音がして、声の主は勝手に電話を切った。

本部長が、脇で機械を操作していたベテラン刑事を見る。ＯＫサインが出た。

逆探知、成功だ。

「長野県の、茅倉市からです」

初めの事件が起こった市だった。

「よし、長野県警には、俺が連絡する。武藤、お前は瀬島に連絡を取って、石畑市に向かわせろ！」

「わかりました！」

事件は、時として急に動き始める。黒い三角定規は、まだまだ実証を続ける気だ。浜村渚をチラッと見ると、慌《あわただ》しくなる大人たちの中で一人、長野県の地図を眺めていた。表情こそ不安げだったが、あの若い脳の中では、すでにいくつかの計算がなされていたのかもしれない。

Σ

石畑市で遺体となって発見されたのは、青江《あおえ》純次《じゅんじ》、二十一歳の大学生だった。首をロープ状のもので絞められ、例の声が告げた住所に位置する、閉鎖した鉄工所跡で見つかった。

彼は前日の段階で、すでに『あか』に塗られたはずの茅倉市の親戚の家に避難をすませていた。ところが、深夜に避難先の家を出て行方不明になってしまったそうで、遺体として発見されるまでの足取りはわからない。

催眠状態の何者かに呼び出されて殺されたか、あるいは彼自身が信号を送られて家を出たのか。いずれにせよ、被害者は他で殺されて当該の市に運ばれるというケースも、彼らのルールに合致するということが明らかになった。

これで、石畑市は『あお』に塗られたことになる。それは同時に、黒い三角定規がまだまだ殺人を繰り返すことの意思表示であり、いくら住民を避難させても、この「実証」を止めることにはならないということの宣言でもあった。

「くそ！　ふざけやがって！」

本部長はガタンと机を殴った。今夜、もう一度、記者会見を開かなければならなくなったのである。こうも立て続けに人が殺されると、さすがに対策本部の無能ぶりが騒がれてもおかしくない。僕ですら、焦りと憤《いきどお》りでいっぱいなのだ、本部長の苛立《いらだ》ちはなおさらだろう。

そんな僕たちとは対照的に、浜村渚は地図上の石畑市を蛍光マーカーで青く塗っていった。

「ここに、『あお』を持ってくるか……」

独り言をつぶやき、彼女はじっと地図を眺める。

もう、被害者は十人を数えている。狂気の彩りはますます勢いを増していくのだろうか。

「もし、ここに『き』を入れたとすると……」

覗きこむと、浜村渚は左手を前髪の左側に添えて、石畑市の隣の市をシャーペンでコツコツとつついていた。藪田《やぶた》市という小さな市である。石畑市と逆の隣には、三人目の被害者、矢島葵が殺された熊岡市がある。つまり、藪田市は『あお』と『あお』に挟まれた状態にあるのだ。

「ここは、『あか』か『くろ』になって……」

シミュレーションは止まらない。きっと数秒で、長野県全てが塗られてしまうだろう。もはや、その状況は現実的に見ても、数日のうちかもしれない。

そこまで考えて、これは警察官らしからぬ弱気だと思い直した。なんとかして、テロを止めないと。

電話が鳴った。僕が受話器を取る。

「はい、黒い三角定規・特別対策本部です」

「あ、武藤。あたし、大山だけど」

「おお」

「今、長野県警からなんだけど、例の、そっちに電話かけてきたっていう、高木の部下、いるでしょ？」

「うん」

「その声、残ってるよね？」

「残ってると思うけど」

「実は逆探知された住所のあたりを調べてみたら、すごく怪しいやつが見つかって……」

「え？」

「信濃《しなの》大学の理学部の学生なんだけど。とにかく、そいつの声を送るから、声紋を調べて欲しいんだって」

大山の声は弾んでいた。その学生が犯人だと確信しているらしい。

指紋と同じように、声にも「声紋」というものがある。いくら、ボイスチェンジャーで声を変えても、抑揚《よくよう》やイントネーション、さらに口の開け方は変わらないので、特殊なコンピュータで解析すれば、声紋はすぐにわかってしまう。これが一致すれば、逮捕状が取れるのだ。

「わかった。送ってくれ」

「よろしく！」

大山は電話を切った。長野で、彼女もしっかり警察官らしく振舞っているらしかった。

$\sqrt{16}$ 狂った理系たち

「今のままの数学教育で、本当にいいと思いますか？」

光村《こうむら》ノリオは小さな目で天井を見上げながら、本部長に向かって聞いた。百キロはありそうなでっぷりとした体型で、頬《ほお》にも肉が相当ついている。がまがえるを連想させるような無精《ぶしょう》ひげの生えた大きな顔に、汚れた丸いレンズのメガネをかけて、とても僕より年下には見えなかった。

「それは、私にはわからん」

本部長は威圧するようにゆっくりと彼に近づき、机に手を置いた。

「しかし、高木源一郎に手を貸して、殺人を犯すなど……」

「ドクター・ピタゴラスは言ったはずです。一ヵ月の猶予を与えると。しかしその間、日本政府は数学を辱《はずかし》めることしかしなかった。くだらない芸術科目ばかりを増やし、理系科目、とくに数学は何の役にも立たない科目だと、それどころか悪人を育てる科目だと、まるでばい菌のように扱われ、大学でも講義がいくつも消えていきました。せっかく、大学で数学を学べると思ったのに……」

頬肉の間の口から、ふっと息が漏れる。

「私が彼に手を貸すことにしたのは、それが理由です」

そう言って光村は、本部長の顔を見た。威圧に屈するような態度はみじんもなく、ふてぶてしさすら感じさせる。

彼こそ、ボイスチェンジャーで声を変えて対策本部に電話をかけてきた張本人である。

大山が送ってきた声と声紋が一致し、それを受けてあっさり逮捕され、長野県警で一夜だけ勾留《こうりゅう》されたあと、身柄を警視庁に移送されてきたのだった。

長野県での一連の殺人事件は、彼が信号を送った別の人物たちによって行われたものであり、全ての被害者について、別々の加害者がいるということだった。現在、彼が白状した、操られた加害者たちの行方は、長野県警が血眼《ちまなこ》になって捜査している。

光村の逮捕が高木の居場所を突き止める手がかりになるのではないかとも期待されたが、高木とは一度電話連絡をして「四色問題の実証」を頼まれただけで、その居場所は知らないとのことだった。

押収された信号発信機は、シンプルなものであり、ある種の数学的操作をすれば、簡単に他人に信号を送ることが出来るらしい。つまり、他人に殺人を代行させることが出来る、恐ろしいマシンなのだ。

「とにかく、殺人をやめさせろ」

「無駄ですよ！」

ぶはっ、ぶはっと、咳《せ》き込むように笑いながら、光村は身をよじらせた。

「私がやらなくったって、誰かがやる！」

「何？」

「わからない人だなぁ。私なんか、ただの部下の一人だ」

どうやら、この発信機はいくつかあるらしい。

「私と同じように、数学を愛する人間は、日本中にたくさんいる。彼らが、私の代わりをしてくれる」

ぐいーっと、短い首を伸ばし、光村は本部長の顔に、その丸々太った顔を近づけた。

「今に、日本中に色が塗られるだろう。お前たち数学を解さない、頭の悪い文系どもは、数学の美しさ、完璧さの前に恐れおののき、ひれ伏すがいい」

この口調は、やはり対策本部に電話をかけてきた例の声に、間違いなかった。

「…………」

本部長が何も言い返さないのをいいことに、光村ノリオは、ぶはっ、ぶはっとまた笑い出した。

Σ

「こいつ、完全にイっちゃってるね」

大山あずさがマジックミラー越しに取調室の中を見ながらつぶやいた。

僕と瀬島は、信州みやげのりんごプリッツをかじりながらうなずく。浜村渚は、その脇に置いてあるわさびスナックに興味があるようだ。

対策本部に来るのはまだ三回目なのに、彼女はすっかり仲間のような顔をしている。今日は、僕が肩代わりした社会の宿題を受け取りに来ただけなのだが、光村の身柄が移されたことを知って、その取調べの様子をついでに見ていくと言い出したのだった。

「だけど、まいったな」

瀬島は、長野での住民避難への協力と、それがあまり意味を成さないことが明らかになったことで、かなり憔悴《しょうすい》しているようだった。

「事態はいよいよ、深刻だぞ」

「どういうことだよ？」

「わからないのか、武藤」

偉そうに、僕を睨《にら》みつける瀬島。

「日本中に、光村と同じ立場のやつらがいるとすれば、日本全国で同時に殺人が起こってもおかしくないはずだ」

なんだって？　……ゾッとした。そんなことがあれば、まさに、世界でも例を見ないテロになるだろう。日本国民全員が、人質に取られている……。

「それは、ないと思います」

静かに言い出したのは、浜村渚だった。

「何？」

瀬島の眉毛が険しくなると同時に、大山がわさびスナックのパッケージをガバッと開けた。浜村渚は、すぐさま手を伸ばした。

「どうして、そんなことが言える？」

「かっらーい！　なんですか、これー？」

軽い気持ちで口に入れたわさびスナックが、ビリビリと効いたらしい。浜村渚は瀬島を無視して、舌を出した。

「お茶か何か、ください……」

「おい、浜村！」

瀬島の声は彼女の耳には届いていない。

大山が笑いながらお茶を差し出すと、浜村渚は涙を流しながらそれを飲んで、深呼吸をした。

「かっらい。いくらか落ち着いたようだ。ねえ、武藤さん、食べてみてくださいよ」

「いいから浜村、早く教えろ」

瀬島が彼女の肩に手を置いて揺さぶると、彼女は長いまつげの二重まぶたを、やっと瀬島のほうに向けた。

「なんですか？」

「どうして、全国で同時に殺人事件が起こることがありえないんだ？」

「ああ……」

彼女は、ブレザーのポケットから、丁寧《ていねい》に折りたたんだ紙を取り出した。それは、以前、僕がコピーして彼女にあげた、長野県の地図だった。すでに十の市が四色のいずれかに彩られている。

「例えば殺人者Aがここを赤く塗ったとしますよね？　で、殺人者Bは、ここを赤く塗る。次にAがここを黄色に塗ったとして……」

彼女は言い聞かせるようにゆっくりと、二人の殺人者のぬり絵の過程を説明していった。すると、四色の全ての色に隣接してしまう市が一つ現れた。

「ね？　ここに塗る色がなくなっちゃう。これじゃあ、実証、失敗です」

僕たち警察官が犯人の足取りを追う中、彼女だけは一人、四色問題に取り組んでいたのだ。しかし、女子中学生が、殺人行為を「色を塗る」と表現するのは、やっぱり違和感がある。

「でも、殺人者たちが綿密に連絡を取り合ってやれば……」

「あの人は、そうじゃなかったですよね？」

浜村渚は、マジックミラー越しに光村ノリオを指さした。

「あの人、ドクター・ピタゴラスとは一度連絡を取り合っただけで、あとは自分で色塗りをしていったって言ってましたよね？　別に、どこを何色に塗るという指示は受けず、自由に色を塗っているんです」

彼女はそう言うと、また少し舌を出して、辛そうな表情を作った。

瀬島はまだ怪訝な表情をしているが、浜村が何を言いたいのかはだんだん理解してきたようだった。

「だから、全国の同じような部下の人たちも、ドクター・ピタゴラスからの連絡を受けてから色を塗り始めると思うんです。もし勝手に動き出して、色を塗れない市が出てきちゃったら困るでしょ？　二人以上でやるにしても、まず、長野県の、今まで事件が起こったどこかの市の隣から始まると思いますね」

僕にも大山にもわかる説明だった。当面、警戒地域は長野県だけでいいようだ。

しかしそれにしても、根本的解決になっていないのには変わりない。今、取調室でふてぶてしい顔をしている肥満の男と同じような、狂った理系の殺人者予備軍が、この国にはたくさん潜伏《せんぷく》していることになる。

やはり、高木源一郎を逮捕しない限りは、この事件は終わらないのだろうか。

Σ

「これ、かっらいな」

竹内本部長は鼻をつまんで、涙目で恨めしそうに大山あずさを見た。わさびスナックである。

「そうですか？　こんなので辛いって言うなんて、渚と同じですよ」

大山はそのわさびスナックを三つ、四つつまんで口に放り込み、ボリボリと頬張った。

僕も先ほど、少し食べてみたのだが、普通のスナック菓子のように大雑把《おおざっぱ》につかんで食べられる代物《しろもの》ではなかった。信州の意地というか、悪意というか、とにかくツーンと、鼻の奥から涙を押し出すような、そんなわさびの風味が凝縮されているのだ。

本部長も涙目でゴホゴホ咳き込みながら、ポットに近寄ってコーヒーを注いだ。

時刻はすでに十二時を回っている。対策本部は全員で集まって、この狂った事件の被害拡大防止対策を、再び練っているところだった。

光村ノリオが証言した、信号を送られて殺人を犯した実行犯たちは、長野県警の迅速な行動により足取りが摑《つか》めて、全員拘束された。一種の催眠術で殺人者になってしまったという点では彼らも被害者になり、逮捕と呼ぶのは気の毒である。しかし、保護と呼ぶわけにも行かず、一応、拘束という表現を使うことに、警察・報道の両方で決まったのだ。

これ以上の被害拡大防止対策には、迅速さが要求される。四色問題の特性上、犯行は長野県周辺で行われるだろうが、住民の警戒とパトロール強化以外に出来そうな対策はない。それに、青江純次の例が示すとおり、名前に色が入っている国民の安全は、もはや保障されていないも同然だ。

「どうにかして、止めることはできないだろうか？」

本部長は、光村の取調べを終えた後で、浜村渚に尋ねたが、彼女は、

「実証を、なんとかして失敗させてしまえばいいと思うんですけど……」

と、少し困ったような表情になっただけだった。

「成功させるのは得意なんですけどね。失敗させるのは難しいですね……だって、相手は数学の得意な人たちでしょう？」

しばらく考えたが思いつかなかったらしく、夕方ごろ、千葉に帰っていった。中学生なので、僕たち警察も無理やり引き止めるわけにはいかない。

その後、ああでもないこうでもないと時間だけが過ぎているという有様《ありさま》だった。僕たちは、テロに対する自分たちの無力さを切々とかみしめ始めていた。

「やっぱり、先に色を塗っちゃうっていうのは、どうかな？」

わさびスナックの粉をパンパンとはたきながら、大山が言った。

「先に色を塗る？」

瀬島がコーヒーをすすりながら顔をしかめる。

「うん。例えば、ここを青に塗っちゃうとか……そしたら、失敗じゃん」

大山は、ホワイトボードの脇に貼られた、長野県の地図の一部を指した。薮田市だった。矢島葵が殺された熊岡市と、青江純次が殺された石畑市に挟まれているため、ここを『あお』に塗れば、確かに実証は失敗したことになる。

「お前、自分が何を言ってるのか、わかってんのか？　この事件で、色を塗るってことは、人を殺すってことなんだぞ？」

「まあ、そうなんだけどさぁ……例えば、町中の建物を青いペンキで塗っちゃうとか」

突拍子《とっぴょうし》もない意見に、全員が呆《あき》れた。

「アホか。そんなので、こいつらを納得させられるか。こいつらのルールにのっとって、失敗させないと」

瀬島は大山に話しかけるときは、常にバカにした口調である。大山は明らかにムッとした表情になった。

「こいつらのルールなんて、知るかって感じなんだけど」

足を机の上にドンと投げ出す。ついに大山は、事件に向き合うのを投げてしまったようだ。

しかし、この態度は僕の警察官魂に何かを注ぎかけた。

――こいつらのルールなんて、知るか。

そうだ。殺人犯が作り出したルールに巻き込まれ、リードされ続けているだけだ。数学の問題を、人を殺して実証する？　そんな狂ったやつのルールに振り回されてはいけない。

そのとき、電話が鳴った。一番近くにいた僕が、受話器を取る。

「はい。黒い三角定規・対策本部です」

「あ、武藤さん」

浜村渚の声だった。近頃の中学生は、遅くまで起きている。

「どうしたの？」

「宿題、ありがとうございました」

そんなことで、電話をしてきたのか。なかなか、律儀《りちぎ》なところがあると思った。

「まだ、いたんですね」

「しばらく泊まりになるかもしれないよ」

そう言ってから、自分が結構疲れていることに、やっと気づいた。ここのところ、帰っていない。

「大変ですね」

「そういうわけだから、切るよ？」

「あ、ちょっと待ってください」

引き止めた彼女の声に、何かを感じた。僕にも、刑事のカンってやつが、身につきはじめたのかもしれない。

「私、思いつきました」

「思いついた？」

「実証を、失敗させる方法」

やっぱり、きた！　期待通りの答えだった。

ここ数日で、彼女を頼りにしている自分がいた。

しかし、一体、どうやって……？

この後、彼女の口から出た方法に、僕はびっくりするしかなかった。それは、大山が言い出した案よりもずっと、突拍子もないやり方だったからだ。

「そんなこと……できるのかな？」

「早めのほうがいいです」

浜村渚の、とろんとした二重まぶたが、目の前で訴えているようだった。

√25 ぬり絵をやめさせる

大山あずさはイタズラをするときのようにニヤニヤ笑いながら、浜村渚の腕を引っ張り、ムリヤリ取調室に連れこもうとしている。中では、光村ノリオが、あのふてぶてしい顔で待ち構えているはずだ。

「絶対、イヤです！」

「渚のアイデアで解決したんだから、渚が行かないと」

大山は一歩も引かない。

浜村は僕のほうに懇願《こんがん》するような目を向けてきたが、本部長も彼女が光村に話すことに乗り気だったので、何も言えずに目をそらした。

「あたしも、一緒について行くから！」

ガタンと、大山は乱暴に取調室のドアを蹴り開《ひら》き、そのまま浜村をグイッと引っ張って入っていった。

目の前に急に制服姿の中学生が登場したので、光村は少し驚いたようだった。小さな目を精一杯見開き、鼻息を荒げながら、状況を把握しようとしている。僕たちはそんな不思議な光景を、マジックミラー越しに見ていた。

「あ、あの……」

浜村はマジックミラーのほうをチラチラ見ながら、話し始めた。向こうからは、鏡を見ているだけにしか見えない。

「は、初めまして。浜村渚といいます。千葉市立麻砂第二中学校に通っています。に、二年生です」

光村はまだどういうことかわからず、無言で、困ったように大山のほうを見た。大山も大山で、浜村のことを紹介しようともせず、左手に持っていたわさびスナックの袋を乱暴に開けると、光村に差し出した。

「なんだ?」

「信州わさびスナックだよ。食べれば?」

光村はいぶかしげな顔をして、それでもわさびスナックに手を伸ばした。あの体型である。やっぱり、スナック菓子には目がないのだろう。

ひとかけら口に放り込んでから、光村は僕や竹内本部長と同じようにむせて、涙を流した。

「ごほっ、ごほっ、ぶはっ！」

昨日よりひげの濃くなった頬がだぶんだぶんと揺れ、つばと混じったスナックのかけらがまき散らかされる。浜村渚はそれを見て少しリラックスしたのか、笑みを見せた。

「情けないなぁ、あんた、長野県民だろ？」

大山は豪快にスナックをつかんで自分の口に放り込んでボリボリと嚙《か》み砕きながら、傍《かたわ》らに置いてあったお茶を紙コップに注ぎ出した。

「ごほっ！……一体、なんなんだ？」

大山は、ふっ、と笑い息を漏らした。

「あんたたちの計画、終わったよ」

「何？」

光村は一瞬、驚いた顔をした。そして、大山が差し出したお茶をひったくって一息に飲み干すと、ふーっと大きく息を吐き、

「そんなはずはない。そんなハッタリで、私がうろたえると思うか？」

「まあ、今からこの数学娘が、それを説明するから、黙って聞きな」

大山は愉快そうに言って、部屋の隅に置いてあったパイプイスに腰掛け、再び、わ

さびスナックをボリボリと食べ始めた。

浜村渚は光村の向かいのイスを申し訳なさそうに引いて、浅く腰掛ける。そしておずおずと、ブレザーのポケットから紙を取り出すと、ゆっくりとそれを開き、光村に見せた。

「これが、これまでの状態なんですけど……」

例の、長野県の地図だ。

光村は今までの自分の犯罪の結果を眺め、満足そうに舌なめずりをした。巨漢《きょかん》の醜《みにく》い男と、小さな女子中学生……まるで、がまがえると親指姫のような構図だ。

「今日、こうなりました」

浜村は、ブレザーの胸ポケットから蛍光マーカーを取り出し、ある部分を青く塗った。マジックミラー越しでよく見えなかったが、どこを塗ったのか僕にもわかっていた。『あお』と『あお』に挟まれていた小さな市、藪田市である。

光村は汚れた丸レンズメガネの向こうの貧相な目を細め、浜村の顔を至近距離から睨みつけた。

「嘘をつけ」

地の底から這《は》い上がるような、おぞましい声。

「われわれの同志が、そんなミスを犯すはずはない」

「私も、そう思います。だから、そちらのミスじゃないんです」

浜村は勇気を振り絞って、目の前の太った大学生にそう言い放つと、大きく息を吸い込み、呼吸を止めるような仕草をした。

そして、次の言葉を継いだ。

「長野県藪田市は、本日をもちまして、隣の石畑市に吸収・合併されました」

ふぅーっと、息をはく浜村。

「……合併?」

その後、光村が浜村の言葉を頭の中で整理する時間が過ぎ、その巨体の尻の下で、イスがギシーッと長い軋《きし》み音を立てた。

「どういうことだ……?」

「地方自治体は、財政負担の理由などから、周囲の自治体と合併を行うことがあるんです。地図が、変わっちゃうことがあるんです」

「………」

「あ、いや、私も、つい最近、知ったんですけど」

浜村は、自分は社会科のことなんか何も知らないと弁解するように、顔の前で手をふった。

そう、彼女がそのことを知ったのは、僕が代行した、地方財政についてのレポートを読んでのことだ。もっとも、この知識をこういう形で利用するというのは、彼女の頭の回転のなせる業《わざ》だ。

このアイデアを実行に移したのは、もちろん警察の中枢である。もろもろの手続きもあるのだが、藪田市のほうも実は数年前から合併を考えていたということで、意外とすんなり話は進んだ。

「本当は、住民のみなさんの意見も聞いてからやらなきゃいけないんですけど、今回、事態が急なんで、しかも住民の皆さんの命を救うためだということで、すぐさまこういう形に」

浜村はだんだん早口になっていった。その目の前で、光村の口がわなわなと震えはじめている。こっちにまで、振動が伝わってきそうだった。

「もうわかっちゃったと思うんですけど、今回の合併で石畑市の隣になった熊岡市は、すでに『あお』に塗られています。ですんで、『あお』と『あお』が隣同士になって、この実証は失敗です」

「認めない！」

ガタンと、イスを倒し、光村は立ち上がった。顔には狼狽《ろうばい》の汗が噴き出している。

「ルール違反だぞ！　すでに色を塗ったあと、境界を変えるなんて！」

これを聞いて、待ってましたとばかりにむくっと動き出したのは、大山あずさだ。

バシーン！　光村の汗だくの頭をはたくと、うろたえている彼に向かい、

「お前らのルールなんか、知るかよ、バーカ」

と言い放った。

それはもちろん、僕にとって爽快《そうかい》なシーンだった。

光村はその衝撃をきっかけとして完全にあきらめたらしく、よたよたとよろける
と、床にどっかりと崩れ落ちた。

事件、解決。巨漢の体が小さく見える。

「聞きたいんですけど……」

少しの沈黙の後、浜村が机の上の地図をつかんだ。そして殺人鬼のそばにトコトコ
と近寄り、しゃがみ込んだ。

先ほどまで光村と話すのを嫌がっていたのがウソのようだ。僕と瀬島は顔を見合わ
せる。一体、何だというのだろう？

「どうして、ここを『あお』にしたんですか？『くろ』にしたほうがよかったんじゃないですか？」

光村は汗だくの顔を上げて地図を見た。

「……何？」

「だって、ここを『あお』にしたら、ここを塗る色が『あか』に限られちゃうでしょ？　そしたらここが……」

なんて女の子だろう？　ここまできて、まだ四色問題が気になるらしい。その説明をうつろに聞きながら、光村の顔がみるみるうちに変わっていくのがわかった。

「ひょっとして、先のこと、あんまり考えてなかったとか？」

「…………」

「ダメじゃないですか。正直言っていいですか？　もし石畑市が『あお』じゃなかったら、合併しても事件解決してないです」

もう、何も言い返せないようだ。ダメ出しをしてくる目の前の中学生がタダモノではないことを、彼もやっと認識したようだった。

「……くだらない社会科の知識で、この崇高《すうこう》な実証が止められるなんて」

それでも数学の威厳を取り戻すように光村がつぶやくと、浜村渚は、あのまつげの長い目を細くして、彼の前で初めて微笑《ほほえ》んだ。

「私も、社会、大嫌いです。けど、社会もたまには、役に立ちますね」

そして、今度は光村の目を真剣に覗き込み、こう言った。

「たとえば、殺人ぬり絵を、やめさせるときとか」

Σ

「まったくの、予想外だったよ」

ドクター・ピタゴラスこと高木源一郎はその日、再び「Zeta Tube」上に現れた。

「市町村合併とはな……ふふふっ。今回は、負けを認めるとしよう」

サングラスの向こうの冷たい表情は、動揺するでもなく、どちらかといえば余裕の表情であった。

「しかし、警察側にも、なかなかわれわれと通じる人材がいるようだ。思ったより、楽しい対決ができそうだな」

人を十人も殺しておいて、そのことに触れない狂気の殺人鬼。警察官として許すことは出来ない。こんな人間が、日本の教育界に携わってきたことを考えると、怒りと恐怖で、体の芯から震えがこみあげてくる。

「どうやら、長い付き合いになりそうだ」

プツゥ……。

新たなる犯罪の可能性を残し、高木はまた映像を切った。フリー動画サイトの特性上、どこから投稿しているのかわからない。彼の足取りをつかむのは、困難を極めそうだ。

パソコンのディスプレイを、僕たちが額《ひたい》をつき合わせて覗き込んでいる後ろで、浜村渚は左側の前髪をいじりながら、まだ長野県の地図とにらめっこしていた。

「どうしたの？」

僕が聞くと、彼女は地図から顔を上げた。

「のり、ありますか？」

「のり？」

「これ、ノートに貼っておこうと思って」

僕が動き出す前に竹内本部長が立ち上がり、壁際の棚の引き出しからスティックのりを取り出した。

「ありがとうございます」

「ノートに貼って、どうするの？」

ぐりぐりとスティックのりを出す浜村渚。楽しそうだ。

「せっかくだから、長野県を四色に塗り分ける方法は何通りあるか、計算してみようと思うんです」

「何だって？」

「1パターン見つかれば、少なくとも、その24倍はあるってことでしょ？」

呆れてしまう。この中学生は、心底数学が好きなのだ。

「だとしたら、結構あると思うんですよね……そしたら、次は、別の県をやってみようかな」

「好きにすれば？」

大山あずさは、もうついていけないというように、わさびスナックの最後のひとかけらを口に放り込んだ。信州みやげと言いながら、結局ほとんど一人で食べきってしまった。その横で、瀬島ももう何も言わず、知らん顔をしている。

「だから、お願いがあるんです」

浜村渚はそう言って、僕たちの顔を見回した。

「私が答えを出すまで、どうか、長野県内では新たに市町村合併をしないように、警察のほうで注意しといてもらえませんか？」

本来、警察にはそんな権限はない……誰もそれを言い出せず、苦笑いをするだけだった。

log100.『悪魔との約束』

√1　薬品Z

新宿区にある佐田《さた》美術館で、深夜勤務の警備員が殺される事件が起こったとき、美術館関係者のみならず、東京都民の誰もが震え上がった。美術館の入り口に、三角定規が二枚重なったデザインがプリントされた、一枚のカードが落ちていたからだ。

それはもちろん、数学テロ組織「黒い三角定規」の魔の手が、ついに東京まで伸びてきたことを意味していた。

警察当局を不審がらせたのは、警備員の殺され方だった。発見された遺体にはまったく外傷が認められなかったのである。一体、彼はどうやって殺されたのか？　遺体はすぐに司法解剖に回され、この謎に驚くべき解答が得られた。

その警備員は、極めて毒性の高い、揮発性《きはっせい》の毒ガスを吸引していたのである。

黒い三角定規の意図は、すぐに明らかにされた。

「政府の教育関係者諸君……」

組織の主導者であるドクター・ピタゴラス、高木《たかぎ》源一郎《げんいちろう》は、インターネットのフリー動画サイト「Zeta Tube」に現れると、そう語りかけた。彼の犯行声明がこのサイトを通じて行われるのは、ほぼ、国民の常識となりつつある。

「諸君の考えを変えるべく、私たちはまた、行動を起こすことにした。君たちの教育改悪により義務教育の中に増やされた、くだらない芸術科目への破壊活動である。数学なき芸術など、ただの戯《ざ》れ事《ごと》だ」

そう言うと、高木は似合わないサングラスの向こうでニヤッと笑った。

「知っているかと思うが、新宿区の佐田美術館での殺人は、私の部下によるものだ。同一の薬品を用い、都内の美術館で地獄を見せてあげよう。なお、今回も、私の教育ソフトを見たことのあるものに信号を送って協力を頼むことにする」

彼はこの二十年間、ソフトを通じて全日本国民に密《ひそ》かに予備催眠をかけてきたのだ。これが国民を無作為に殺人者に変えてしまうという恐ろしい事実は、長野県の事件で明らかにされた。

「君たちの隣人が殺人者になる可能性は、『同様に確からしい』というわけである。もし、やめて欲しければ、教育の改善を。子どもたちに、再び、楽しい数学を」

今回の犯行声明は、ここで途切れた。

Σ

「きはつせいって、なんですか？」

浜村渚《はまむらなぎさ》は尋ねながら、パイプイスに腰掛け、スクールバッグを膝《ひざ》の上に置いた。ブレザータイプの制服に、丸襟のワイシャツ、指定の赤いリボンのネクタイ。とろんとした二重《ふたえ》まぶたにまつげの長い、普通の女子中学生だ。しかし、彼女がタダモノではないことは、この「黒い三角定規・特別対策本部」のメンバーなら誰でも知っている。

「液体だけど、すぐに蒸発してしまうってことだよ」

「すぐに蒸発？　どうやって保管するんですか？」

「気体が漏れないようなビンか、あるいはビニールパックに入れておけば保管できる」

「別の容器に移すときは？」

「今回の事件の薬品は、気温を十分低くしておけば蒸発しないから、簡単に移し変えることができるんだって」

「へぇー」

浜村渚が目を丸くする横で、瀬島直樹《せじまなおき》がバカにしたように鼻で笑った。

しかし瀬島も、この中学生がある種の能力に長《た》けていることは認めているはずだ。数学である。

彼女は、千葉県警が見つけてきた、高木源一郎の教育ソフトを見ていないにもかかわらず、数学が得意であるという貴重な人材なのだ。現に、先日起こった長野の「四色問題殺人事件」が解決を見たのは、彼女の数学の能力と、犯罪者を出し抜く奇想天外なアイデアに負うところが大きかった。

「その液体ガスも、ドクター・ピタゴラスが作ったんですか？」

ガスという言葉自体「気体」を意味するため、液体ガス、という言葉は不自然だと感じたが、それは口に出さず、僕は答える。

「いや、川崎市の化学研究所から盗まれたものなんだ」

「盗まれた？」

「その研究所に勤めていた一人の研究員が、薬品が盗まれた日から行方不明なんだって」

「ゆくえふめい」

生返事のように僕の言葉を繰り返しながら、浜村渚は天井を見上げた。

竹内《たけうち》本部長が、クッキーを持ってきた。浜村渚が出入りするようになってからというもの、この対策本部室には数学関係の本とお菓子が増えた。

「あ、どうもすみません」

浜村は申し訳なさそうに、それでも遠慮なく、クッキーに手を伸ばした。

瀬島が痺《しび》れを切らしたように立ち上がる。

「浜村、お前、わかってんのか?」

「え? なんですか?」

「その、薬品を盗んだ研究員が、怪しいって言ってるんだよ」

「ああ、はい」

彼女は照れ隠しのように笑い、クッキーをかじる。粉が、ぽろぽろとスクールバッグの上にこぼれた。

数学はできるらしいが、事実から何かを推理したり、誰かを疑ったりするのは苦手なようだ。人生経験が浅いということだけど、よく言えば、若くて無垢《むく》ということだろう。

「えーと、その人は、仲間なんですかね？　黒い三角定規の」

浜村は、確認するように聞いてきた。

「その可能性が高いらしい」

僕もクッキーに手を伸ばし、捜査状況を説明し始める。

神奈川県警が探りを入れたのは、大手メーカー、小柴《こしば》製作所の化学研究所、ガスマスク開発班である。例の薬品は地下鉄テロなどを想定して同研究所で開発され、「薬品Z」と呼ばれていたもので、吸い込むとすぐに気を失い、そのまま全身の神経がやられて心停止を起こしてしまうという恐ろしい薬品である。

盗んだのは椎名好彦《しいなよしひこ》、二十七歳。その研究所の研究員の一人で、事件直前に「薬品Z」４・５リットルとともに忽然《こつぜん》と姿を消していた。

捜査を進めるうち、椎名は高校時代には数学オリンピックにも出場したことがある数学好きで、都内の大学の理系学部に進んだ後も、趣味で必要外の数学を学んでいたことがわかった。のみならず、渋谷にある数学喫茶にも出入りしていたというのだ。

「数学喫茶？」

浜村渚はその名を聞くなり、興味深げに身を乗り出した。

「なんですか、それ」

「都内にいくつかあるらしいんだけど、数学好きたちが集まる喫茶店なんだって」

「へぇー、東京にはそんなのがあるんですか」

浜村の目がキラキラと輝き出す。瀬島が頭を振った。

「椎名は学生時代、渋谷の『カルダノ』っていう数学喫茶に通っていたようなんだ」

「カルダノ、ですか。三次方程式の解法を見つけたイタリアの数学者の名前ですね」

浜村渚はクッキーをもごもごと口の中で動かしながら言った。僕と瀬島はそのイタリア人の名前を、つい一時間前に知ったばかりだったのでビックリしてしまった。さすがだ。

「俺たちは、今から、その店に行ってみようと思う」

瀬島が横から割り込んだ。浜村がその顔を見る。

「事件が黒い三角定規絡《がら》みである以上、数学とは切り離せない。椎名と数学を結びつける情報が、得られるはずだ」

瀬島はここまで一気にまくしたて、僕のほうをチラッと見た。

「だが……」

先はお前が話せ、と言っているようだった。自分の口から浜村渚の能力を認める言葉を吐くのがイヤなのだろう。僕は苦笑をこらえて、あとを継いだ。

「場所が数学喫茶だけに、やっぱり浜村さんについてきてもらったほうが心強いと思って。僕たちのわからない数学の話になったら、正確な聞き込みができないし」

浜村渚はにっこりと笑って、額《ひたい》に垂れた前髪を整えた。

「わかりました。行きます」

彼女は、生まれてはじめての数学喫茶に、ウキウキしているようだった。

√4　カルダノの天使と悪魔

カルダノは渋谷の繁華街から少し離れた町の、とある雑居ビルの地下にあった。店内は意外と広く、三十人くらいの客は収容できそうだ。内装については、僕もあまり詳しくないほうだがイタリア調にそろえているらしく、壁にはところどころ、ルネサンス期の画家が描いたような天使の絵が飾ってある。ただ、その絵に僕たちは違和感《いわかん》を覚えた。

それぞれ、五十センチ四方くらいの大仰《おおぎょう》な額縁に入れられた裸の天使たちは、手に手に、数字を握《にぎ》っているのである。1、2、3……9まである。ゆえに、天使たちの絵は9枚あることになる。

一体、この数字の天使たちは何なのか？　数学喫茶という空間のイレギュラーさを感じながら、店の奥へと足を伸ばした瞬間だった。

僕は、〝彼〟に気づいてしまった。実際、性別も不明なのだが、〝彼〟と呼ぶにふさわしい気がした。

浜村渚を振り返ると、同じように〝彼〟に見入っていた。それほど、珍妙《ちんみょう》なものがそこにはあったのだ。

「警視庁からきた、瀬島です」

瀬島は、〝彼〟に目もくれず、カウンターの奥でコーヒーカップを拭《ふ》いていた男性に向かって警察手帳を見せた。

「ああ、先ほど、連絡をくれた……」

赤のチェックのシャツに、落ち着いた青のジャケットを羽織《はお》り、首にはクリーム色のスカーフを巻いている。年は四十代か、ひょっとしたら五十を少し過ぎた頃だろうが、独特のファッションセンスと瘦《や》せ型の体型が手伝って、若く見える男だった。

「そうです」

「わざわざどうも。店長の、及川《おいかわ》です」

彼は磨いていたグラスを置くと、どこからか一枚の名刺を取り出し、瀬島に手渡した。一挙一動が、オシャレに見える。

『数学喫茶カルダノ／及川創一《そういち》』とシンプルな字体でプリントされており、裏返すと、なにやら難しげな数式が一つ書いてあった。僕や瀬島には、ほぼお手上げだ。

「それで、今日は一体、どういう用件で？」

「椎名好彦のことで、少しうかがいたいことがございまして」

営業中であるにもかかわらず、客は一人もいない。落ち着いて話ができそうだと勝手に判断して、僕たちはカウンターに腰掛けた。

「椎名よしひこ？……ああ、あの学生か」

及川創一は懐《なつ》かしそうに目を細めた。

「確か、どもりのクセがあったような」

その情報は、僕たちのもとにも入っていた。椎名好彦は吃音《きつおん》らしい。

「そうです」

「メーカーに就職していたんじゃなかったかな？」

「小柴製作所です」

「そうそう」

嬉しそうに言って、及川は再び、グラスを磨き始めた。今まで気づかなかったが、喫茶店にしてはグラスの種類が豊富すぎる。恐《おそ》らく、時間が遅くなれば居酒屋に変わるのだろう。

「新宿の美術館で起きた、殺人事件は知っていますか？」

瀬島は、急に話題を変えた。

「毒ガスで、警備員が殺された事件でしょ」

「そうです。その事件に、椎名好彦が関係しているらしいのです」

及川の手がピタッと止まる。

「まさか」

「事件に使われた薬品は、川崎の小柴製作所の研究所から盗まれたものであり、その犯人が、椎名好彦である可能性が限りなく高いのです」

威圧的にも思える瀬島の発言に、及川は急に弱気な表情になった。

「ということは、彼が、その？」

「黒い三角定規の一味である、ということです」

及川は瀬島から目をそらし、その事実を受け止めて、深い息をした。

「やっぱり、黒い三角定規の事件には、興味がおありですか？」

僕が、割り込むような形で質問する。

及川は、僕のほうを見て、ゆっくりとうなずいた。

「そりゃ、私も、こういう店を開いているものだから、数学には人並みに興味を持っているのだけど。まさか、彼が黒い三角定規に……」

「最近、椎名から連絡を受けてはいませんか？」

「まったく。彼も在学中はしょっちゅうここに足を運んでくれたけれど、就職してからは、なかなか」

「最後に会ったのは？」

「そうだな……五、六年前になるかな」

「そうですか」

この店は空振りらしい。僕はそう思ったのだが、瀬島はまだ及川を疑念の目で見ていた。

思い出すように浜村渚を見ると、〝彼〟を、未《いま》だにものめずらしそうに見ていた。

僕は、彼女の背中を、コツンとつついてみた。

「あ」

浜村は、あのとろんとした二重まぶたを、一度ぎゅっとつぶってから見開き、及川に愛想《あいそ》笑いをしてみせた。

「浜村渚です。千葉市立麻砂《ますな》第二中学校、二年生です」

及川も、なぜ刑事たちに中学生がついてきているのか気になっていたらしいが、とりあえず笑顔を返した。

「遅くなったけど、何か、飲むかい？」

「あ、ああ、お構いなく」

僕は遠慮してそう言ったのだが、すでにカウンターに座っている手前、説得力はなかった。

僕と瀬島の前にはコーヒーが、浜村の前にはオレンジジュースが、すぐに用意された。

「いただきます」

浜村渚はそう言って両手でグラスを持ち、オレンジジュースを一口飲んでから、

「ところで、あれ、なんですか？」

と、唐突に尋ねた。

あれ、というのは、つまり、僕たちがこの店に入って以来気になっている、〝彼〟のことである。

店の奥に、一つ、黒いイスが置いてあり、一人の大人の男性と同じくらいの大きさ

の人形が腰掛けているのだ。しかもその人形は、明らかに人間ではなく、黒いプラスチックで出来た、奇妙な生命体だった。吊《つ》り上がった黄色い目には黒目がなく、耳まで裂けた真っ赤な口からは紫《むらさき》の舌がチラッと見えている。髪の毛は無く、服も着ておらず、長いステッキのようなものを両手に抱えて、とにかく不気味なのだが、見るものを惹《ひ》きつける奇妙な魅力があった。

「あれは、悪魔だよ」

及川創一は、まったく笑わずにそう言った。

「悪魔？」

「やっぱり」

僕が呆気《あっけ》に取られる横で、浜村渚はひょこっと立ち上がり、〝彼〟に近寄っていく。

「これ、ゼロですよね？」

彼女は、悪魔が握っているステッキの柄《え》の部分を指してそう言った。確かに、そこには金属でできた「０」らしきオブジェが取り付けられている。

「ああ、いかにも」

及川創一の目がキラッと光る。どこか、嬉しそうに見えた。

元来《がんらい》、この店を訪れる客は、浜村渚のような人間なのだろう。

僕と瀬島はもう、黙るしかない。

「ゼロというのは、悪魔の数字だ」

数学の話が始まってしまった。こうなったら、ここの位には何も無い、と

「ゼロはインドで生まれたが、もともとは位取《くらいど》りのとき、いうことを示すためだった記号に他ならない……しかし、これこそが数学における革新的発明だったのは疑いようのない事実だ。ローマ数字では不可能だった、十進法の位取りによる数字の表記を可能にした」

恍惚の表情でまくしたてる及川。僕はすでに、話を聞き流している。

何を言っているのか、何が面白いのか、まったくわからないというサインを浜村に

送ると、彼女は気づいてくれたらしく、カウンターに戻ってきて自分のスクールバッ

グのチャックを開き、表紙にさくらんぼの絵が描かれたノートを取り出した。彼女が

計算をするときに使うノートだ。

「こういうことですよ」

浜村はブレザーの胸ポケットからピンクのシャーペンを取り出し、芯を一度出しす

ぎてから、ちょうどいい長さにまで押し戻した。

「この数字、なんて読みます？」

ノートの罫線《けいせん》に沿って、〝10〟と書かれた。

「じゅう」

僕と瀬島は、声をそろえて言う。

「もちろん、そうです。だけど、素直に読むとしたら、『いち、ゼロ』だと思いませんか？」

10……確かに、そうだ。書かれている数字だけを読むと、「いち、ゼロ」だ。しかし、物心ついたときから僕たちは、これを「じゅう」と読んできた。日本国民全員が、この数字をパッと見せられたら、「じゅう」と読むに違いない。

「この数字のホントの意味は、『十の位に数字が一つあります、けど、一の位には数字は一つもありません』ってことなんです」

「…………」

「ローマ数字には、『一つもありません』っていうのを表す記号がなかったんです。だから、大きい数字をあらわす時、VとかXとかたくさん書かなきゃいけなかったんです。インドの人たちは、そういうわずらわしさを、マルを一個書いて『一つもありません』を表現したことで、解消したんですよ」

浜村渚はここまで言うと、及川の方を向き、オレンジジュースをまた一口飲んだ。

「こちらのお嬢さんは、ゼロという数字をよく理解しているようだ」

及川創一は嬉しそうに笑った。彼にも、どうしてこの小さな女子中学生が僕たちに連れてこられたのか、ようやくわかったようだった。

「しかし、それこそが、ゼロの歴史の始まりだった。インド人が書いたマルは、やがて数字として認識されるようになり、『ゼロ』と呼ばれるようになった。そして、西洋に初めてゼロがもたらされたとき、人々はこれを、悪魔の数字と呼んだ」

「なるほど。だから、0だけは悪魔の数字で、あとは天使の数字ってことですね」

僕にも、店中に飾ってある天使の絵の意味が、なんとなく理解できた気がした。

「悪魔の数字？」

瀬島が怪訝《けげん》な顔でコーヒーをすする。及川は彼にビシッと人差し指を向けた。

「君、0×100はいくつかね？」

「0では？」

「そのとおり。では、君！」

今度は、僕だ。

「0×13532は？」

「やっぱり、0？」

及川は不敵に笑うと、ゆっくり頷き、

「そのとおり」

と満足げに言った。

「0にはどんな数をかけても0になる。まさに、あらゆる数字を自分の中に内包してしまう、悪魔の数字だ」

「しかし、それは当たり前じゃ……」

瀬島が鼻で笑うと、浜村渚が、びっくりするように目を見開いた。

「当たり前って！　この数字を初めて知ったときの、ヨーロッパの人たちの衝撃がどれだけのものだったか。『一つもありません』を表すためだけの、数字なんですよ？」

僕には、彼女の興奮の意味が、いまいちわからなかった。及川は浜村を手で制し、落ち着いて話を続けた。

「では聞きたいが、0÷4はいくつかな？」

「0」

浜村になじられた瀬島は、不機嫌なまま答えた。

「正解。では、4÷0は？」

「0！」

瀬島の声には、すでに怒気《どき》がこもっている。

この答えを聞くなり、及川と浜村は、そろえて頭を振った。僕には、その意味がわからなかった。

0÷4が0ならば、4÷0も0なのでは……？

「なんだよ、浜村！」

瀬島は、ついに声を荒げた。

「4÷0=0じゃないです」

「何？」

「そもそも、4÷0なんて計算は、しちゃだめなんです」

数学少女、浜村渚はそんな瀬島の目を真剣に覗《のぞ》き込みながらそう返答した。

「はぁ？」

浜村渚は緊張した雰囲気を和《やわ》らげようとしたのか、口元に少し笑みを取り戻し、そのままシャーペンをノートの上に走らせた。

『1×0=0、2×0=0』……小学生でもわかるような、簡単な式が二つ。

「いいですか？　これが成り立つとすれば、ゼロイコールゼロだから……」

『1×0=2×0』

問題ない。

「で、ここで『0で割っ』っていいなら、両辺を0で割ることができるはずなんです」

するると、僕たちの目の前には、世にも奇妙な等式が現れた。

『1＝2』……？

そんなバカな。

「ね？」

瀬島の顔を見ると、彼も眉をひそめてその不思議な式を見つめていた。

「だから、『0で割る』っていうのは、やっちゃダメなんです。こんなことをしたら、数学の秩序がメチャメチャになっちゃう」

ピンクのシャーペンは、一度「÷0」を書き、その上から大きなバツを書いて打ち消した。

及川創一が、急に手をたたき始めた。

「最近、義務教育では数学が行われていないと聞くが、すばらしい才能があったものだ」

褒《ほ》められた浜村は、恥ずかしそうにオレンジジュースを口に運ぶ。

「0が悪魔の数字というのが、わかっただろう。いかなる大きな数字も一瞬にして無に変えてしまう恐ろしい数字だが、とても有用だ。その数字を、悪魔は条件付きでわれわれに与えた。この条件を破れば、人類の数学の秩序を破壊してやると言って」

及川は恐ろしげな表情を作って物語を続ける。

「0で割ってはいけない。これは、人類と悪魔との間で交わされた、数学史上もっとも重要な約束の一つだ」

店の奥では、悪魔がゼロの杖《つえ》を握ったまま口を大きく開けて笑っていた。僕はその表情にゾッとすると共に、自分がいかに場違いなところに来ているかを痛切に感じた。

√9　事件の進展

浜村渚が帰宅し、時計が二十二時を回ったころ、僕たちは新宿のケーリー記念美術館の警備についた。今頃、都内のほとんどの美術館は警備でいっぱいだろう。僕たちがこの美術館を選んだのは、初めの事件があった佐田美術館とは距離も近く、比較的狙われやすいと判断したからだ。昼間は別方面から椎名好彦の足取りを追っていた大《おお》山《やま》あずさも合流した。

「ねえ、武藤《むとう》。あたし、さっきのゼロの話、いまいちよくわかんないんだけど」

幅二十メートルはあろうかという大きな廊下を歩きながら、彼女は言った。手には、先ほど配布されたガスマスクが握られている。

「なんで、0÷4は0になるのに、4÷0は0にならないの？ っていうか、しちゃいけない計算って、どういうこと？」

どういうことかと聞かれても。僕だってちゃんと理解できていないのに。

「それに関してなんだが」

瀬島が、後ろから追いついてきた。

「アメリカでこんな話を聞いたことを、さっき思い出した」

彼は高校時代をアメリカで過ごしている。そのため、高木源一郎の数学教育ソフトを見たことがないのだ。

「4つのリンゴを2人で分けたら、一人分は何個だ？」

「2個」

僕と大山は声をそろえた。大《だい》の大人が三人も集まって、夜中の美術館で何をやっているのだ？

「4÷2＝2ってことだな？ じゃあ、0個のリンゴを4人で分けたら、一人分は何個だ？」

「……0個？」

「そうだ。もともとリンゴなんかないのだから、一人分も0個。つまり、0÷4＝0だ。それじゃあ、4個のリンゴを0人で分けたら、一人分は？」

「0個」

「ちがう。今度は、リンゴはあるけど、人はいないっていう話だ。『分ける』という行為自体、成り立たない」

瀬島は一人で納得すると、得意げに口を結び、鼻からふんと息を出した。

「全然、わかんないんだけど」

「なんでだよ！」

大山の反応が期待はずれだったようで、瀬島はアメリカ仕込みのオーバーリアクションで叫んだ。

「0人だと『分ける』行為が成り立たないなら、リンゴ0個も一緒じゃん」

「全然違うぞ、いいか？　リンゴ0個の場合は、人がいれば『分ける』行為は成り立つんだよ！　分けるのは人間の気持ちしだいなんだから！」

「何それ、メンタルの話？　ここにリンゴがあることを想像して私たちで分けましょう、っていう、妄想の話？　キモいんだけど」

「数学なんてのは、全部、妄想の話だろうが！」

この二人は、根本的に性格が合わない。顔を突き合わせればケンカばかりしている。それにしても、数学嫌いの人間たちさえもケンカさせてしまう「0」という数字は、確かに悪魔の数字なのかも知れない。

こんなことを考えていたら、無線が入った。

「ケーリー記念美術館特別警戒中の警察官たちに連絡する！」

僕たち三人は、慌《あわ》ててイヤホンに耳を傾ける。

「先ほど、渋谷区立丸岡《まるおか》美術館において、例の薬品と思われる液体が散布《さんぷ》された。犯人は逃走中。被害状況、不明。至急現場に急行せよ」

やられた！

僕たちは顔を見合わせ、走り出した。

Σ

丸岡美術館周辺は慌《あわただ》しい状況だった。ガスマスクが配布されていた警察官や警備関係者の中に被害者は出なかったが、周辺を歩いていた一般市民の中から、三人ほど意識不明の重体者が出てしまった。厳重な警備体制で美術館敷地内に入れずパニックになった犯人が、辺《あた》り構わず薬品Zを撒《ま》き散らしたのだ。運悪く居合わせてそのガスを吸ってしまったのは、たまたまそこにたむろしていた若者グループのうちの数人だった。

なにしろ、一デシリットルで最高四十人もの人間を死に至らしめてしまう薬品である。幸い、風は強くなかったが、これ以上被害を拡大させないため、美術館から半径五百メートル以内は立ち入り禁止になった。まさに異例の緊急避難だ。

「よく、覚えていません」

赤いジャージに身を包んだ、三十代半《なか》ばの犯人は、額に玉のような汗を浮かべ、そう語った。事件発生から三十分後、現場からそう遠くないアパートの廊下で拘束され、警視庁に連行されたのだった。僕たちも彼と共に、丸岡美術館から対策本部に戻ってきた。

「携帯電話が鳴ったので、出てみると、何かの機械の音がして……」

やっぱりだ。これが、黒い三角定規事件最大の特徴である。

彼らが開発した信号発生装置は、とある数学的操作をすれば簡単に信号を送ることが出来る。つまり、高木源一郎が作った数学ソフトを見た者なら誰でも、簡単に犯罪者に変えられてしまう可能性があるのだ。

目の前の気弱なジャージ男の逮捕が、事件の根本的解決になっていないことは明らかである。

しかしそれでも、薬品Zは街のコインロッカーの中に置いてあり、そこへ行く指示を受けたという情報は、彼から聞きだすことが出来た。

「盗まれた薬品Zは、まだ全部使い切っていないはずだ」

竹内本部長はそう言って、腕を組んだ。

残りの薬品Zのありかについては、渋谷署の警察官たちがガスマスクを片手に、夜を徹して探しているが、期待しているような情報はまだ入ってこない。時刻はすでに深夜の三時だ。

「渋谷って言えばさ、武藤たちが行った数学喫茶も渋谷にあったんでしょ？」

大山あずさが思い切り伸びをしながら言った。眠そうだ。

「ああ、だけど、あの店は空振りだと思うよ」

「武藤、お前は、そう思うか？」

瀬島だ。腕組みをして、難しそうな顔をしている。

「俺は、なんかひっかかるんだ、あの男」

「あの男？」

「なんて言ったっけ？……あ、そうそう、及川創一」

瀬島は胸ポケットから、昼間もらった名刺を取り出した。

及川創一の顔とクリーム色のスカーフを思い出してみる。独特のファッションセンス。たしかにクセのありそうな男だが、事件に関係しているとは思えない。

「やっぱり、椎名は薬品Zを盗んだあと、あの店に行ったんじゃないかな」

「どうして？」

「わからないけど」

瀬島らしくない。根拠もなくこんなことを言い出すなんて。

大山が大きなあくびをした。

「どっちにしろ、取っ掛かりがないよね。椎名の足取りについては」

緊張感がないように見えるが、彼女にとっては、眠らないということに神経を使うので精一杯なのだ。

「どこにいるんだろうなぁ」

昼間、僕たちが数学喫茶カルダノに行っている間、大山は椎名好彦の知り合いを片《かた》っ端《ぱし》から当たっていたのだ。しかし、めぼしい情報は何一つ無かったという。

椎名好彦がどこにいるのか。残りの薬品Zは一体どこにあるのか。この二つの謎が、僕たちの鈍った頭を支配している。

ピピピピピピ！

けたたましい音がして、コードレス電話が鳴った。慌てて、竹内本部長が取る。

「はい、黒い三角定規・特別対策本部！」

不必要にも思える大声のあと、不安な沈黙が流れた。

「なんだって？……わかった、ああ、向かわせる！」

僕たち三人は、本部長が受話器を置くまでの短い時間を、スローモーションでも見るような気持ちで眺《なが》めている。

やがて、本部長が口を開いた。

「椎名好彦が、見つかった」

ガタッ、と、大山が跳ね上がる。

「どこで？」

「多摩《たま》の山中で、死体で発見されたらしい」

事件は、夜更けに、急に動き出した。

僕たち三人が、多摩の大学付属病院で椎名好彦を前に手を合わせたのは、一時間後だった。大山も神妙な顔で目をつぶっている。彼女がずっと探し続けた男は、死体になって現れてしまった。

Σ

発見場所は、山の中を通っている一般道路脇の崖の下である。細い山道になっており、地元の人がたまに通る程度らしい。たまたまその夜二時ごろ、犬の散歩をしていた地元住民が発見した。犬が急に吠《ほ》えて走り出し、茂《しげ》みを嗅《か》ぎまわるようなしぐさをしたので、見てみると、人の足が茂みから突き出ていたという。

「そんな時間に、犬の散歩を？」

「このあたりは、ベッドタウンですからね。仕事で帰りが遅くなり、そのあと犬を散歩させたりする人が多いんです。珍しいことじゃないですよ」

多摩署の刑事はそう言った。

とは言え、夜中に犬の散歩をして崖下で死体を発見するなどという状況はあまりないだろう。発見者のサラリーマンは慌てふためいて、そのまま近所の交番に駆け込んだという。

死体は、持っていた身分証明書から椎名好彦であることが判明し、黒い三角定規・特別対策本部に連絡がきたというわけだ。

「転落死、ですかね？」

「解剖してみないとなんとも言えませんが、疑わしいですね」

瀬島が聞くと、検死を担当することになった監察医は表情を変えずに答えた。

「疑わしい？」

「はい。これは、頭部の傷の原因として持ってこられた石です」

彼が指差した台の上には、少量の血が付着した石が置いてあった。ゴツゴツしたもので、確かに転落してこれに頭をぶつければ、ひとたまりもないだろう。

「しかし、私は、これに当たって死んだのではないと思います」

「なぜ？」

「この、頭部の傷を見てください」

大山と瀬島は監察医の横にしゃがみ込んで傷口を覗き込んだ。僕は、こういうのはあまり得意なほうではない。

「陥没《かんぼつ》の辺りが、滑《なめ》らかな弧《こ》を描いていますよね？」

だ。

「こ？」

大山あずさは「弧」という言葉を理解できなかったらしい。奇《く》しくも、数学用語

「こういう風に、弓のような……」

「はあはあ、なるほど」

「これは、人工物でつけられた傷です」

「ってことは？」

「撲殺《ぼくさつ》されたあと、転落死に見せかけるために、崖上の道路から落とされた。そのとき、この石も共に現場に残されたのでしょう」

「なるほど」

大山は眠気のピークを越えたようで、いつになく真剣に聞き入っている。

「考えてみれば、不自然だよな。薬品を盗んだ男が、その隠し場所を明らかにしないまま、転落死だなんて」

「犯人は、別にいるってことか……」

僕は少しだけ考え込み、重要事項をまだ聞いていなかったことに気づいた。

「そう言えば、死亡推定時刻は？」

何の気なしに聞いたのだが、監察医の口から出た言葉は、僕を驚かせた。

「死後、七十二時間ってとこでしょう」

「七十二時間？」

僕が目を丸くする横で、大山あずさが首を捻《ひね》る。72÷24の暗算に、結構手間取ったようだ。

「まる三日？」

そんなバカな。初めの事件が起こったのが二日前だというのに。

「それはおかしいだろう！」

瀬島も興奮した。

「こいつが川崎の研究所から姿を消したのが、三日前の夕方だぞ。それじゃあこいつ、薬品Zを盗んだ直後に殺されたことになる」

「解剖してみないと確かなことは言えないですが、ここ二日の内ということはありえません」

なんということだ……。

「椎名好彦は、はじめから利用されていただけなんじゃない？」

「真犯人は、椎名に薬品Zを盗ませ、携帯電話回線を使ってあの赤ジャージに丸岡美術館に撒くようにしむけた」

きっと、初めの佐田美術館の警備員殺しも同じだ。

「高木源一郎かな？」

僕がつぶやくと、瀬島は首を振った。

「あいつは、自分の手を汚さない。きっとまた、やつの部下だ。そしてそいつはまだ、薬品Zの残りを持っている」

なんとか、これ以上の被害拡大は避けたい。薬品Zがどこにあるか突き止めることはできないだろうか？


僕たちが病院から出た頃、すでに夜は明けていた。

「浜村渚は、今日は学校かな？」

瀬島がポツリとつぶやいた。

「そりゃそうでしょ、平日だもん」

「学校を休ませてでも、来てもらうことはできないだろうか」

瀬島も、彼女を頼りにしはじめているようだ。

「なんでよ？」

「俺はやっぱり、カルダノだと思う」

大山には答えず、瀬島は空を見上げた。

「今日、もう一度、行ってみる」

√16　薬品Zのありか

「お疲れさまです」

睡眠時間の極めて少ない僕たちに向かい、浜村渚はぺこりと頭を下げた。学校を休んでいるにもかかわらず、いつもと同じブレザータイプの制服姿だ。

連絡すると、彼女は喜んで学校を休み、警察から交付されている特別ＩＣ乗車券を使って対策本部にやってきた。彼女がやってくる間少しだけ、僕たち三人は仮眠を取ったのだ。

「びっくりな展開ですね」

浜村渚は長いまつげの目を不安げに歪《ゆが》めた。

「でも、どうしてカルダノだと思うんですか？　椎名さんと関係のあった人は、東京都内にもたくさんいると思うんですけど」

「それについてだが」

瀬島がホットコーヒーを冷ますように吹きながら言った。

「俺自身、どうして及川創一のことが引っかかっているのかわからなかったんだが、椎名好彦の死体が見つかったことで整理がついた」

どういうことなのだろう?

「昨日、椎名のことを聞いたとき、及川がこう答えたのを覚えているか? 『メーカーに就職していたんじゃなかったかな』」

瀬島は僕のほうを振り返って聞いた。

「ああ、そうだったね」

「『就職していた』って、すでにこの世の人間ではないような言い方をしていた。俺は、それがひっかかっていたんだ」

確かに、瀬島の言うとおりかも知れない。僕の中で、及川創一の落ち着いた顔が、急に疑惑に満ちて見えた。

「もし、彼があの時点で、椎名が死んだことを知っていたとしたら?」

「怪しいね」

大山も同調した。

「浜村、どう思う？」

浜村渚は少し考えたあと、首を振った。

「わかりません」

中学生としては当たり前の答えである。数学は得意だが、やっぱり推理は苦手なようだ。

「だけど、カルダノに行くなら、喜んでついていきます」

そう言うと彼女は、脇に置いたスクールバッグのチャックをジーッと開けて、さくらんぼのノートを取り出した。

「これ、見てください」

彼女が開いたノートを見ると、見開き二ページがわけのわからない数式で埋め尽くされていた。

「うわー、アタマ痛い！」

うずくまる大山。寝不足の午前中に、こんな数式、見たくもない。

「なんなんだよ？」

瀬島も目をそらすようにしてコーヒーを口に運び、毒づいた。

「カルダノの公式です」

「カルダノ？」

「あ、お店のほうじゃなくて、数学者のカルダノです」

「どういう公式なんだ？」

「簡単に言うと、三次方程式の一般解を導き出す公式です」

「簡単に言ってないじゃないか」

まったく、同感だ。一体、この公式がなんだというのか？

「実は、今さっき電車の中で、自分で導こうと思って、数式をいじってみたんですけど、途中でわかんなくなっちゃったんです」

彼女は、恥ずかしそうに笑った。

「だから、カルダノのマスターに聞きたいな、と思って」

相変わらず、事件よりも数学だ。

そのとき、廊下のほうからドヤドヤとざわめきが聞こえてきて、ガラの悪い若者たちが対策本部に入ってきた。

「ちょいーっす！」

だらしなく伸ばした髪の先だけを黄土色《おうどいろ》に脱色した男が、右手をひらりと上げて挨拶《あいさつ》をしてきた。あとからは、鼻ピアス、丸ボウズ、シャネルのサングラスなど、様々《さまざま》なキャラクターたちが傍若無人《ぼうじゃくぶじん》に談笑《だんしょう》しながらついてきた。

「おお、タクヤ！」

大山が反応する。僕と瀬島は揃《そろ》って顔をしかめた。こいつらを呼んだのか……。

浜村渚は急にやってきた彼らに驚き、萎縮《いしゅく》しているようだった。

「大山さん、この子がウワサの数学娘っすか？」

彼は楽しそうに浜村渚の顔を覗きこむ。

「そうそう。渚、紹介するね」

当然のことだが、浜村渚は状況が飲み込めないようだった。きっと、彼らの正体を知ったら、さらに驚愕《きょうがく》するに違いない。

「こいつらは、警視庁鑑識課の第23班」

警察には、本当にいろいろな人材がいるものである。

「オレ、リーダーの尾財拓弥《おざいたくや》、よっろっしっく！」

ラッパーのような角度で握手を求める尾財。浜村はあまりのことに、その手を握るのを、拒《こば》んだ。

Σ

僕たちが、警視庁鑑識課第23班の面々とともにカルダノにたどり着いたのは、それから間もなくのことだった。

「なんすか、あれ？」

尾財拓弥は帽子を後ろ前に被《かぶ》りながら、真っ先に悪魔の人形に反応した。

改めて言うこともないかもしれないが、23班は鑑識課の中でもガラが悪いことで有名だ。仕事の精度はベテランにも引けを取らないほど優秀なのだが、とにかく警察の風紀を乱すということで、普段から嫌われている。しかし僕たち黒い三角定規・特別対策本部は、大山あずさが彼らと仲がいいことを理由に、よく彼らと顔を合わせる。もちろん彼らも人並みに高校には通っていたので『同様に確からしい』殺人者候補ではあるのだが、「これが数学のできる顔に見える？」という大山の一言により、彼らに協力を頼むことにしているのだった。

「ムシバ菌すか？」

「ゼロの悪魔だ」

及川創一の顔がムッとするのを気にしてか、瀬島がフォローした。

「ご協力、いただけますか？」

僕が言うと、及川は表情を険しくした。

「つまり、私は、疑われているわけだね？」

「いや、一応調べさせていただいて、無いということになれば、もう二度と疑われはしません」

及川は腕を組んだ。客が入っていないとは言え、営業時間中に警察に毒ガスがあるかないかの捜索を受けるのはあまり気持ちのいいものではないだろう。加えて、あまり大人社会に歓迎されないような若者も大勢押しかけている。

気まずい沈黙。

尾財だけがノータッチとでも言うように後ろ髪をいじりながら、壁に飾られた数字の天使の絵をものめずらしげに眺め回している。

「あの、ちょっと見て欲しいものがあるんです」

浜村渚が、おずおずと、ノートを開いて見せた。及川の表情が変わった。

「これは……」

「カルダノの公式です。立方完成《りっぽうかんせい》までは、なんとか自分でできたんですけど、そのあと、よくわかんなくなっちゃいました」

「なるほど」

浜村の照れ笑いの前に、及川は考えを変えそうだ。

「できれば、教えて欲しいんですけど」

及川は僕たちの顔をしばらく見回し、口元をほころばせた。うまく言えないが、数学好きの笑顔には、何か共通点がある気がする。

「君たちも考えたものだな。彼女に言われては、私も協力しないわけにはいかないだろう」

捜査のことを言っているのか、カルダノの公式のことを言っているのか？

大山が拡大解釈して身を割り込ませた。

「それでは、あたしたちが捜査する間、渚と一緒に外にいていただけますか？」

「外に？」

「もし、あるとすれば毒ガスです。渚を、危険な目に遭わせるわけにはいきませんから」

ガスマスクを掲《かか》げる大山。明らかに挑戦的な警察の態度に、及川は余裕の表情を返す。

「やれやれ、完全に疑われているようだ。いいだろう、お好きなだけお探しなさい」

傍《かたわ》らに置いてあった青色のジャケットを羽織り、クリーム色のスカーフの形を整えると、僕たちには目もくれず、及川は店の出口である上り階段に向かっていった。浜村渚はノートを胸に抱えたままチラッと僕たちの方を不安げに見てから、ぺこりと頭を下げ、及川のあとを追いかけた。


一時間もすると、作業はほとんど終わってしまった。飲食店の従業員専用スペースというのは意外と狭いもので、客に出す業務用のジュースや、酒類など、液体関係のものは全て調べたが、毒ガス反応は出なかった。ありとあらゆる棚や排水口、換気扇の内部まで調べたが、それらしいものは見つからなかった。

「大山さん、ないっすねぇ……」

尾財がカウンターに腰掛けて天井を見た。鑑識のシンボルともいえる紺の帽子の下の頭に薄汚いタオルを巻いているその姿は、鑑識官と言うよりは、引越し屋だ。

「まだ一休みするの、早いよ」

「え？」

「なんのために、あんたたち連れてきたと思ってんの？」

その後の鑑識課23班の仕事はまさに、引越し屋そのものだった。冷蔵庫や食器棚、インテリア棚など、大きなものは全て彼らによって動かされ、壁際が捜査対象になった。さらにその後、壁際のみならず、床下、天井に隠し場所がないか、くまなく探された。

しかしそれらも、すべて徒労《とろう》に終わった。

「もう、ないっすよ。ホントにこの店にあるんすか?」

ついに、尾財以下鑑識23班は床に座り込み、ゴネ始めた。額には、玉のような汗が浮かんでいる。

「おっかしいなー、絶対あいつだと思うんだけど」

大山がイライラしながら、ガツンとイスを蹴飛ばす。瀬島はすでに上着を脱いで、ワイシャツの袖《そで》をひじまでまくっていた。

「この店じゃないとしたら、ヤツの家とか」

「うーん、及川の家って品川にあるんでしょ?」

それについては、つい先ほど調べがついたばかりだ。及川創一は品川のマンションから、この店に通っている。

「丸岡美術館が狙われたってことは、渋谷に隠してあると思うんだけどなぁ……渋谷と椎名好彦を結びつけるのは、この店だけだと思うけど。違うのかな」

大山の語気は、だんだん弱くなっていった。そろそろ昼時ということで、再び眠気が襲ってきたのかも知れない。

「俺もやっぱり、ここだと思うな」

瀬島は腕を組んで考え込んだ。その目の先には、あの悪魔の人形がある。

悪魔は、耳まで裂けた真っ赤な口で、この狂気に満ちた事件に翻弄《ほんろう》される僕たちをあざ笑っていた。壁にかけられた9枚の天使たちの安らかな微笑《ほほえ》みも、今の僕たちにとっては、悪魔に同調しているかのように見えてしまう。

しかし、改めて見ると、この悪魔はやっぱり不気味だ。プラスチックの質感を残した、黒い全身。尖《とが》った爪の手に握られた、0の柄を持つ漆黒《しっこく》のステッキ。

……ふと見ると、その「0」に、瀬島の目が吸い込まれそうになっている。

どうしたのだろう？

「尾財！」

急に瀬島の大声が店中に響いた。すでにへとへとになっている尾財拓弥は、空《うつ》ろな目をそっちに向けた。

「なんすか？」

「一つ、鑑識の仕事を頼む」

その目には、何かの確信が宿っていた。

Σ

スパゲッティカルボナーラ。タマゴと生クリームをふんだんに使った、寝不足時にはあまり食べたくない濃厚なパスタ料理だ。

そのカルボナーラを、大山あずさはソバでも食べるかのようにずるずるっと勢いよくすすった。

「うまい！」

僕と瀬島はサンドイッチ、それも一番小さなサイズをかじる。

ここはカルダノからそう遠くないところにあるイタリア料理店だ。昼休みの割りにあまり込み合ってはいない。鑑識23班を警視庁に戻した僕たちは、ひとまず昼食ということにしたのだった。

浜村渚は右手でミートソースにフォークを突き立てたまま、左手で前髪をいじり、開いたノートを満足げに眺めていた。先ほどまでよりさらに複雑な数式が、だらだらと敷き詰められていて、見ているだけで気が滅入《めい》りそうになる。

「どう思います、武藤さん？」

目線をノートに落としたまま、彼女は聞いてきた。

「何が？」

「この公式。すごいと思いません？」

僕に、わかるわけがない。瀬島のほうをチラッと見る。鑑識の結果が気になっているらしく、上《うわ》の空だ。

「これさえあれば、どんな三次方程式の解もわかっちゃうんですよ」

「ふーん」

僕たちは薬品Zを見つけられなかったが、彼女はお目当てのものを見つけることが出来たらしい。

「さっき、及川さんに聞いたんですけど」

及川の名にハッとして、僕は彼女の顔を覗きこんだ。事件に関係あることかもしれない。

「この公式、実はカルダノさんが見つけたんじゃないらしいです」

期待はずれだった。やっぱり、彼女の頭の中には数学のことしかない。

「別の人が見つけたアイデアを、自分の名前を使って勝手に発表しちゃったらしいです」

「フザけた数学者も、いたもんだな」

瀬島が紅茶に手を伸ばしながら受け応えた。

「あ、でも、カルダノさんには他にもいっぱいやってるんですよ。例えば、確率って分野を考え出したのは、この人です」

「ギャンブル狂いだろ?」

鼻から息を吹き出しながら、瀬島はバカにするように言った。

「なんだ、知ってたんですか」

対策本部に置いてあった数学者の本のカルダノの項目に、そんなようなことが書いてあったのを、僕は思い出していた。しかし、捜査の参考にはならなそうだ。

ガタッと、大山が立ち上がる。空《から》になったコーヒーカップを持っているので、おかわりに行くようだ。この店は、フリードリンク制だ。

「あ、私も」

浜村渚は少し残っていたオレンジジュースを飲み干すと、グラスを持って立ち上がった。僕もちょうど紅茶を飲み終わったところなので、一緒に行くことにした。

「これ、あとちょっとしか入ってないじゃん」

大山あずさは、オレンジジュースのサーバーの上のタンクを見てつぶやいた。透明になっているので、あとどれくらいジュースが残っているのか、外から見てすぐわかるようになっている。たしかに、残り少ないように見えた。

「結構、入っていると思いますよ」

浜村渚はジュースを注ぎながら言った。

「高さは3センチくらいしかないですけど、幅が15センチ、奥行きが35センチってとこかな。ってことは、かけ合わせて1575立方センチ」

「それ、どれくらい？」

「リットルに直すと1・575リットルです」

「ウソでしょ？」

そんなに入っているようには見えない。しかし、浜村渚の計算にミスがあるようには思えなかった。

「液体は、自由に形が変わりますから」

そこまで言って、浜村渚は何かに気づいたように長いまつげの目を見開いた。

「どうかしたの？」

「ねえ武藤さん、盗まれた液体ガスは何リットルでしたっけ？」

「たしか、4・5リットルじゃなかったかな？」

「4500立方センチメートル……9の倍数じゃないですか！」

一体、彼女は何に興奮しているのか……。

「その液体ガスは、色、ついてますか？」

「ついてないんじゃなかったかな。見た目はまったく水と同じらしい」

「やっぱり」

浜村渚の足が、テーブルのほうに向かい始めた。僕と大山は怪訝な顔をして、コーヒーがこぼれないようについていく。

「どうしたの？」

「わかりました」

「え？」

「薬品Zが、どこに隠してあるか」

彼女は微笑を浮かべて、立ったままオレンジジュースに口をつけた。

√25　悪魔との約束

僕たちが再びカルダノに入っていくと、カウンターの客席に腰掛けていた及川創一は明らかに顔をしかめた。相変わらず、客は誰もいない。

「もう、調べないはずじゃなかったのかね？」

目を伏せる及川。瀬島が、一歩も引かずにカウンターに腰掛け、身を乗り出す。

「どうも、そういうわけには行かなくなりまして」

「どういうことだ？」

及川が尋ねるや否《いな》や、瀬島は店の奥を指差した。悪魔が、漆黒のステッキを握っている。ステッキの柄にはもちろん、鈍く光る金属の0のオブジェ。

「先ほど、あの、0の型を取らせてもらいました」

「何？」

「うちの鑑識が、椎名好彦の頭の傷跡と照合したところ、ピッタリと一致したそうで」

「……………」

「どうやら、あのステッキで殴られた可能性が高いようです」

フッと、及川創一は不敵な笑みを漏らして立ち上がると、悪魔のほうに歩み寄っていった。

「凶器がこの店にあったら、犯人か？」

彼は、悪魔の長い爪の黒い手から、そのステッキを奪い取るようにつかみあげた。思わず、身構える。しかし彼は、僕たちに危害を加えようとしている雰囲気ではなかった。

「だいたい、こんな形のもの、他にもあるだろう？」

「…………」

「それに、言ったはずだ。椎名好彦が就職をして以来、彼には一度も会っていない」

「この店は、事件には無関係だと？」

瀬島が聞くと、及川はステッキを手で弄《もてあそ》びながら、うなずいた。独特のファッションと痩せ型の体に、漆黒のステッキがよく似合っている。

おもむろに浜村渚がさくらんぼのノートをペラペラとめくり、カウンターの上に置いた。

「容積の話です」

及川創一はステッキを持ったままそのノートを覗き、首を捻った。少し前まで小学校高学年で教えられていた、小数を含んだかけ算の式がいくつか書かれている。

「内のりで、高さ50センチ、幅50センチ、奥行きはたったの2ミリ。こういう、うっすーい水槽があったとしたら、容積はいくらになるか？」

浜村渚のピンクのシャーペンがサラサラと動いていく。

「50×50×0.2で、500立方センチメートル、リットルに直すと0・5リットルです」

「…………」

「このうっすーい水槽には0・5リットルの液体が入ります。盗まれた薬品Zは4・5リットル。もし、このうっすーい水槽が9個あれば、保管しておくことができますよね」

「何が言いたいのか、わからないな。この店にそんな薬品がないことは、さっきそこにいる警察諸君が証明してくれたはずだが」

「9個って言うより、9枚って言ったほうがいいかも知れません」

浜村渚はとろんとした両目で及川創一の顔を見据《みす》えたまま、壁を指差した。

そこには、1から9までの数字を抱えた9人の天使が、9枚の額縁の中で優しい笑みを浮かべていた。

「あの額縁、50×50くらいじゃないですか？　表面のガラスと絵の間に、わずか2ミリの隙間があれば、4・5リットルの液体なんか、簡単に隠せます。しかも、薬品Zは無色透明」

落ち着いた雰囲気の店内。しかし、及川の顔は確実にこわばった。

「……調べてみるつもりかい？」

「よろしければ」

浜村渚がにっこり笑うと、及川創一はあごを引き、ふふっと自嘲《じちょう》気味《ぎみ》に笑った。

しばらくの沈黙。

そして、このあとの光景は、僕たちが予期したものよりはるかに穏やかだった。

「いいアイデアだと、思ったのだけどね」

自白である。

「あなたは、黒い三角定規の一味ですか？」

僕が尋ねると、及川はゆっくりとうなずき、ステッキを持ったまま、イスに腰掛けた。

「私と椎名は、もともとこの店で知り合った数学好きでね。ドクター・ピタゴラスの教育改革反対に同調して、黒い三角定規に加盟することにした。芸術教育の促進への反対として、美術館に毒ガスを撒き散らすことを提案したのは、椎名だったんだよ」

「なんですって？」

意外だった。及川は続ける。

「小柴製作所でガスマスク製造の部署に配属になった彼は、薬品Zという強力な殺人ガスが手に入りやすくなった自分の立場を利用して、これを使った活動をしようと提案してきた。私はすぐに乗り気になり、組織にもちかけたところ、この作戦を実行するように言われた」

「どうして、椎名を殺したんですか？　ただ利用しただけとか？」

「いや……」

及川はここで一回、言葉を切った。

「あいつは、直前になって、怖気《おじけ》づいた」

「え？」

「口をどもらせながら、やっぱりやめようと言い出したんだ。これ以上話しても、らちが明かないと思ったので……」

及川の手の中で、ステッキの0のオブジェが鈍く光る。

「その場で殺し、私一人で、行動を起こすことにした」

「…………」

「私一人で、と言っても、信号発生装置は預かっていたからね、私が直接手を下すことはなかったが。それでもガスの管理は自分でしなければならなかったというわけだ」

「椎名が、やめようって言い出したとき……」

大山あずさだ。

「あんたもやめようとは思わなかったの？」

「やめる？」

及川は冷たく笑った。

「なぜだ？　美術館を対象とした毒ガス散布を行えば、美術館は閉鎖される。政府も、芸術教育ばかりを促進させて数学教育を迫害することを考え直すだろう。こんな素晴らしいアイデアを、実行に移さず、埋もれさすなんて」

ガタンとイスを倒しながら立ち上がり、ケタケタと笑い出す。先ほどまでの落ち着いた雰囲気を壊すように、及川は、殺人鬼の正体を明らかにしていった。数学への歪んだ愛情が生み出した、狂気の姿を……！

「他人のアイデアを盗むのは、カルダノの得意技なんでね！」

叫ぶと、彼は、悪魔のステッキを振り回しながら店のテーブルやイスをガチャンガチャンとなぎ倒し、恐ろしい形相《ぎょうそう》で襲い掛かってきた。

瞬間、僕たちが身を引くと、及川はくるっと身を翻《ひるがえ》し、今度は店の奥の壁に向かって突進していった。まずい！　その先には……！

ガシャン。ガラス片が飛び散る！

慌てて両手で口を覆う。及川は、あろうことか「9」の天使のガラスを、ステッキの柄の部分で割ったのだ！　あのガラスは、薬品Zの入った水槽のはず……。

「ふふふっ、安心したまえ。これは、すでに丸岡美術館で使った薬品が入っていたものだ」

及川の殺気は少しも収まっていない。

「さあ、出て行ってもらおうか！　私は本気だ！」

ギラギラとした目の奥に、悪魔が見えた。

「それとも、見届けるか？　猛々《たけだけ》しきカルダノの最期を！」

完全に頭に血が上り、自暴自棄《じぼうじき》になっている。彼は、死ぬ気だ！

もし、今と同じように薬品Zが入っている水槽が割られれば……この雑居ビル全体に、いや、このビルの周囲にまで毒ガスが充満し、僕たちだけではなく、何も知らない一般市民が巻き込まれてしまう。

これ以上、テロ被害を拡大させてはならない。

こんな思考をめぐらせる隙をほとんど与えず、及川はぐわっと悪魔のステッキを振り上げ、「8」の天使を叩き割ろうとした！

「ダメです！」

いつの間にか彼の前に回りこみ、その大声を出したのは……我らが数学娘、浜村渚だった。

ピンクのヘアピンから少しほつれ出した前髪が、長いまつげの目の上に垂れている。尋常《じんじょう》でない雰囲気の中、やはり彼女も興奮しながら、あの計算ノートを開いて、すでに悪魔と化した及川創一に見せつけていた。

それは、初めてこの店に訪れたときに書いたあのページ、「÷0」に大きくバツを書いた、あのページだった。

どういうことだ？

……彼女以外の全員が意味をわかりかねる中、彼女は震える声で続けた。

「0で割っちゃ、ダメです」

なんだって？

及川はステッキを振り上げたままピタリと止まった。

僕の位置からは彼の背中しか見えなかったが、彼の表情が変わっていくのが、ハッキリとわかった。

「0で割っちゃ、ダメです」

少し落ち着いた声で、浜村渚はもう一度言った。

——そういうことか。

高く振り上げられた悪魔の「0」。無邪気に微笑む天使の「8」。——確かに今、及川創一がやろうとしている行為は、「8」を「0」で割ることに他ならない！

「これは、私たち人類が悪魔と交わした、数学史上最も重要な約束の一つです」

及川のステッキを持つ手が、ぶるぶると震えはじめた。

「悪魔との約束、破るんですか？」

真剣な、浜村渚の目。……これこそ、数学に対する誠実さだろう。

その表情は、及川創一の中に残っていた数学への愛情に揺さぶりをかけたようだった。——考えてみれば当たり前のことだ。本来、この数学喫茶を訪れる客は、浜村渚のように純粋に数学が好きな人間ばかりのはずだったのだから。

及川の手から、悪魔のステッキはぐらりと傾き、カラーンと乾いた音を立てて床に落ちた。

大山と僕が駆け寄り、両脇から彼を押さえる。すでに、抵抗するつもりはないようだった。

「最近の……中学校の教育はまったく意味のないものだと思っていたが……」

小さな声で、及川創一は何か言おうとしていた。

「……才気溢《あふ》れる子がいたものだ」

Σ

その夜、高木源一郎は「Zeta Tube」に映像を投稿した。浜村渚はすでに帰宅している。

「今回の部下には、あまり期待していなかったが、まさかここまで役立たずとは思わなかったよ」

開口一番、これである。

「しかし、われわれの真意はおわかりいただけただろう。数学のかかわらない、くだらない芸術教育など、やめてしまえということだ。われわれは、要求が飲まれない限り、活動をやめない。それればかりか」

サングラスの向こうの冷たい目がニヤッと笑う。

「今回の部下のように、われわれに賛同する人間が、意外と多いことがわかった。フフ。頼もしいことだ。これを見ている数学を愛する者たちよ、ぜひ、われわれに協力を。ともに、美しき数学の国を作り上げようではないか」

高く拳《こぶし》を突き上げたその姿で、今回の映像は終わっていた。

及川創一からも高木源一郎の居場所の情報はいっさい聞きだすことができず、依然、行方知れずだ。一体、このテロ組織の大ボスは、どこに潜《ひそ》んでいるのか。

「フザけやがって」

竹内本部長は腕を組んで、静かな怒りを露《あら》わにした。

「もう今日は、帰ってもいいですかね？」

大きなあくびを一つしたあとで、大山あずさが聞いた。

「ああ、ご苦労さん」

竹内本部長は僕たちを十分ねぎらってくれた。

「渚に言ってやってくださいよ。今回も彼女のおかげで解決できたようなもんなんだから」

「そうだな。最後、全部持ってかれたようだったし」

僕が苦笑いをしながら言うと、瀬島が面白くなさそうに鼻で笑った。

「俺たちが、今、一番気をつけなければならないのは……」

僕と大山は、瀬島の顔を見る。あのいけ好かないエリート顔に戻っていた。

「あいつに頼り過ぎないことかもしれないな」

「何よ、自分が呼んで欲しいって言い出したんでしょ！」

「今回はそうだったけど、考えてみろ」

瀬島はギロッと僕たちを睨《にら》んだ。

「もし、あいつが敵に回ったら、俺たち、ひとたまりもないぜ」

それはそうだけど……。

「そんなことはないだろう」

僕と大山は、瀬島の心配を笑い飛ばした。

浜村渚、千葉市立麻砂第二中学校二年生。彼女はもうすでに、立派な仲間だ。

log1000.

『ちごうた計算』

1　フィボナッチ迷子

「奈良県警の西村《にしむら》いいますー、よろしゅう、たのんますわ」

待ち合わせ場所であるデパート二階の噴水広場に登場した彼は、いきなりの関西弁で僕たちを圧倒した。

新大阪の駅に着いたときから、すれ違う人みな関西弁で、異国情緒《いこくじょうちょ》に似た感覚を覚えていた。同じ日本国内なのに、言葉とテンポが違うだけで、カルチャーショックが生じる。

「警視庁、黒い三角定規・特別対策本部の、武藤龍之介《むとうりゅうのすけ》です」

「しーっ！」

西村は人差し指を鼻の下に立てた。

「どこで、誰が聞いているか、わかれへんで」

確かにそうだ。大型のデパートなので、僕たちの周囲には一般人がウロウロしている。たとえ、黒い三角定規関係者ではなくても、僕たちがその事件関係でこんなところに来ていることを知れば、パニックになってしまうかもしれない。何せ黒い三角定規は、今、日本を一番騒がせている、数学テロ組織なのである。

「大山《おおやま》あずさです」

大山は小声で挨拶《あいさつ》をした。今回、瀬島直樹《せじまなおき》は竹内《たけうち》本部長と共に、東京で留守番だ。

「そいで、その、千葉の数学娘いうのは」

「ああ……」

僕たちは言葉を濁した。

我らが数学娘、浜村渚《はまむらなぎさ》は……ここに来た瞬間、迷子になってしまっていたのだ。

待ち合わせは二階の噴水広場。一階の入り口から入ったときには確かに一緒にいたのに、エスカレーターに乗り、二階についた瞬間、彼女だけが忽然《こつぜん》と姿を消してしまった。探し回ったのだが見つからず、とりあえず西村との待ち合わせもあったので、僕と大山だけで噴水広場に引き返してきたのだ。

「それって……」

僕たちの話を聞くなり、西村は心配そうに眉をひそめた。年は四十代半ばぐらいだろう。額《ひたい》のしわが深い。

「さらわれたんと、ちゃいます？」

「まさか」

とは言ったものの、僕たちもその可能性を思い浮かべ始めたところだった。今回の事件が、ある人物の拉致《らち》に絡《から》んでいるからだ。

「県警、動員させまひょか？」

「い、いや。そんな、大げさな」

「大げさやないと思うで」

西村は有無《うむ》を言わさず否定した。

「長野の連続殺人も東京の毒ガス事件も、彼女が解決したんやろ？　クロサンのもとにも、そろそろ彼女の情報が入っていてもおかしいことあらへんで」

クロサンというのは、黒い三角定規のことだろう。

「そうですけど……」

「はよ動かな、大変なことになるで」

関西人はせっかちだ。しかし、この事態に関しては、確かに彼の言う通りかも知れない。

そう思ったとき、館内アナウンスが流れ始めた。

「お客様に、迷子のお知らせがございますー」

アナウンスまで、関西訛《なま》りだ。

「大山あずさ、武藤龍之介という、二人連れの東京弁の大人が、迷子になったそうです。お見つけになられた方、またはご本人さま、地下、食料品売り場までお越しください」

僕と大山は顔を見合わせた。西村は苦笑だ。まったく、恥ずかしい。

「おたくら、迷子にされとるで」

ある程度予想はしていたけど、開始早々、トラブルの多そうな旅だと思った。

Σ

自らをドクター・ピタゴラスと名乗る数学者、高木源一郎《たかぎげんいちろう》が率いる数学テロ組織、黒い三角定規。彼らの恐ろしさは、一般市民を簡単にテロの道具にできることにある。高木が開発し、ここ二十年間日本中の高校や学習塾、予備校でスタンダード教材とされてきた数学教育ソフトに、予備催眠をかける信号が組み込まれていたのだ。それはつまり、彼のソフトを見たことがある者（高校生から、四十歳くらいまでの大人のほとんど）なら誰でも、携帯電話の回線を通じて催眠をかけられ、無意識に殺人行為を犯してしまう可能性があるということなのである。

さて、数学関係者ならば誰でも高木の教育ソフトを見たことがあるかといえば、実はごく少数の数学者は、見ていないらしい。だったら、中学生なんかよりそういう数学者に協力を要請すべきだと思うかも知れない。しかし……それは無理なのだ。なぜかと言うと、そういう数学者たちは、予測不能な言動をする者が多いからだ。端的に言えば、奇人ばかりなのである。

今回の事件は、そういう奇人数学者の一人に関わることである。

「奈良理科大学教授、四日市《よっか いち》潔《きよし》」

手入れされずにボサボサの真っ白い頭髪、レンズ下部が少しかけているメガネ、小さな唇《くちびる》の周りには深いしわが畝《うね》のように並んでいる。口元は笑っているようだが、目元は真剣……なのか、空《うつ》ろなのか分からない、不思議な表情だ。

黒い三角定規・特別対策本部室のパソコンのディスプレイに映されたその男の写真からも、普通の人間ではないという雰囲気がビリビリ伝わってきた。

「年齢は、いくつなんですか？」

「七十五だそうだ」

竹内本部長はせんべいを口にくわえながら答えた。

「結構、トシなんですね」

「しかし、世界中に名を轟《とどろ》かせる数学者らしい」

確かに、プロフィールには、「××問題、解決」「××定理、証明」「××関数、創始」など、たぶん輝かしいであろう業績の数々が、洪水のように羅列《られつ》されていた。

そんな彼が、黒い三角定規の関西支部に近々狙われるという情報は、最近ベテラン刑事が捕まえてきたあるテロ未遂犯の取り調べで飛び出してきたものだった。狙われると言っても命のことではなく、身柄のことだ。つまり彼らにとって四日市教授は、洗脳して仲間に入れたい人材なのである。

というわけで今回、四日市潔の特別身辺警護という使命を帯びて奈良まで行くことになったのが、僕、武藤龍之介と、大山あずさ、そしてすでに対策本部の柱と言っても過言ではない数学大得意女子中学生、浜村渚というわけである。

「奈良県ですかー、行ったことないですね」

浜村渚は笑顔を見せた。きっと、学校を休めるのが嬉しいのだろうと思った。

Σ

館内アナウンスが告げたとおり、浜村渚は地下の食料品売り場にいた。

「渚！」

大山が声をかけると、彼女は振り向き、少し口元をほころばせた。今日は遠出なので、いつもの制服姿ではない。水色のシャツに、インディゴの少し濃いジーパンと、白いスニーカー。トレードマークのピンクのヘアピンはいつもどおり向かって左側の前髪に留められており、同じくピンクの勝負シャーペンをしっかり右手に握《にぎ》って、左手にはあの、表紙にさくらんぼが描かれた計算ノートを持っている。

……また、数学か。

「大山さん、武藤さん、何、やってたんですか？　二人揃《そろ》って、迷子になっちゃうんだもん」

「それはこっちのセリフよ」

僕たちの後ろで、西村が声を殺して笑っている。

「あんたこそ、何やってたの？」

「見てくださいよ、この床」

人々が慌《あわただ》しく行き交っている食料品売り場のタイル張りの床だ。赤と白のタイルが入り混じった、普通の床に思えるが……。

「何よ？」

「この一列だけ、見てください」

浜村は野菜売り場と果物売り場の間に長くのびているタイルの一列を指差した。特に変わったところはないように思える。模様のことだろうか？

「白の次には、必ず赤が来るように並べられているんです。『白白』って連続することは絶対にないように並べられています」

注意して見てみると、確かに彼女の言うとおりだった。

「それが、何か？」

「私、気になって書き出してみたんですよ。この並び方でn枚並べるとき、並べ方は何通りあるか？」

本当に、すぐに、難しい問題を作り出してしまう女子中学生だ。買い物中の関西人たちが、怪訝《けげん》な目で僕たちを睨《にら》みつけては通り過ぎてゆく。

「もし1枚なら、『赤』か『白』で2通り、2枚なら、『赤赤』『赤白』『白赤』の3通り、3枚なら『赤赤赤』『赤赤白』『赤白赤』『白赤赤』『白赤白』の5通りってな感じでやってくと……」

僕たちが呆《あき》れているのを知ってか知らずか、浜村は楽しそうに、開いたノートを見せてきた。

いくつかの樹形図の脇に、『2、3、5、8、13、21……』という数列が書かれている。

「ねっ？」

「全然、わかんないけど」

大山が言うと、浜村はシャーペンを持ったまま、人差し指を立てた。

「フィボナッチ数列です」

「ん？」

「正確には、1、1から始まるんですけど」

ノートの上に、数列が書かれていく。

「前の二つの数字を足した数が、次の数になるっていう数列です」

サラサラとシャーペンが走っていくにつれ、僕にもその数列の意味がわかってきた。

つまり、はじめは1、二番目も1と決めて、三番目は1＋1で2、四番目は二番目の1と三番目の2を足して3、五番目は同じように2と3を足して5……と、そういう数列らしい。

『1、1、2、3、5、8、13、21……』

「イタリアのフィボナッチさんが研究したので、フィボナッチ数列と呼ばれています」

また、イタリアの数学者か……ここまで考えて、思い出したように西村を振り返ると、狐《きつね》につままれたような顔をしていた。数学娘を前に、何を言っていいかわからないらしい。当然だ。僕だって初めはそうだった。

「で、それがなんなの？」

大山あずさだけ、いつもと同じペースだ。

「これは覚えといたほうがいいです。数学の世界だけじゃなくて、自然界にもたくさんでてくる数列ですから」

「そうなの？」

「例えば、これ」

浜村渚は、そばのフルーツ棚に置いてあったパイナップルを手に取った。

「この模様、見てください。ほら、こっちにぐるぐるぐるっと、8回転でしょ？」

人差し指をパイナップルの模様になぞらせていくと、確かに8回転のらせんを形作っていた。

「じゃあ、こっちの回転いきますよ？」

同じ要領で、先ほどのらせんと交わっているもう一方のらせんをなぞっていくと……なんと、13回転だった。

「ね？　8と13。両方とも、フィボナッチ数列のメンバーです」

パイナップルの模様にこんな秘密があったなんて、確かに不思議といえば不思議だ。それにしても、数字を、「メンバー」と表現するところが彼女らしい。

「ほーっ」

大山あずさがその不思議さを理解しかねている後ろから、西村が覗《のぞ》き込んできた。

「ウワサには聞いていたけど、想像以上でんな」

「あの……」

一気に、人見知りの顔になる浜村。ひとたび数学から離れると、こういう、大人慣れしていない中学生らしさが覗き出る。僕は彼女を安心させるように、西村を紹介した。

「奈良県警の、西村さん」

「あ、浜村渚です。千葉市立麻砂《ますな》第二中学校、二年生です」

「よろしゅう、頼んますわ」

浜村渚も僕たち同様、関西弁には違和感があるようだ。ぎこちなく笑うと、助けを求めるように僕のほうを向いた。

「武藤さん、このパイナップル、買っていきません？　お土産《みやげ》に」

「え？」

そういえば、四日市潔への手土産らしいものを、何も持っていない。

「数学を愛する人なら、きっと喜びます」

そういうものだろうか？

しかし確かに、先ほどのフィボナッチ数列の話を聞く限り、そうかもしれない。

「それに、パイナップルは……」

まだパイナップルに関する数学的な話があるのか？　……正直、もういいのだけど。

「私の、大好物です」

浜村渚はそう言って少し笑い、さくらんぼのノートをぱたん、と閉じた。

1 事件

奈良理科大学のキャンパスは車を少し走らせた郊外にあった。郊外と言えば聞こえがいいが、周りを山に囲まれた田舎町である。地方の大学とはこういうものなのだろう。

数学科の研究棟を訪れると、まるで悪いことをした小学生のように、三人の男女が並んで廊下に立っていた。まだ若いので、きっと助手か学生だろう。目の前のドアにはしっかり「四日市潔」の表札がある。

「今、計算中ですねん」

稲石昇平《いないししょうへい》と名乗った二十代男性が言って、右手に持ったケン玉をコツンコツンと器用に動かした。関西弁とケン玉……クセのある歓迎だ。

「中に、入れないんですか？」

「そないなことしたら、怒鳴られますで」

彼の横で、江川花子《えがわはなこ》が、鼻の辺りまである長い前髪の向こうの顔をゴシゴシとこすり、コクリとうなずいた。無口な女性で、稲石の紹介で大学院生だとわかった。

「教授のことはご存知でしょうが、かなり変わった方でして。一度考え出すと、止まらないんです」

三人目の、一番年長の白衣の女性が言った。後藤《ごとう》さくらという名前で、年長と言ってもまだ三十そこそこの、長い髪に、細い黒ぶちメガネがよく似合う美人だ。しかしそれよりも僕にとって嬉しいことは、標準語をしゃべってくれることだった。

「その間に話しかけようものなら、もう、すごい剣幕でして。本人曰《いわ》く『思考の鎖が途切れてしまう』と……」

「ホンマモンの、変人でっせ」

稲石がクックツ笑うと、後藤が白衣のひじで彼のわき腹を小突いてたしなめた。剣先から玉がこぼれ落ちる。

「あの、これ、おみやげです」

浜村渚が、さっき買ってきたパイナップルを、後藤に手渡した。一番年長だからという判断だろう。

「ありがとう、浜村さん」

「さっすが数学娘、センスあるやん！」

稲石がケン玉をジーンズの尻ポケットにしまい、パイナップルを横取りする。

「見てみぃ、花子、パイナップルやで」

江川花子は無言のまま、らせん模様を指でなぞり始めた。

「いくつや？」

「8ですぅ」

「ビバ、フィボナッチ！　貸してみぃ。俺が13を確認したるわ」

やっぱり数学の研究者にパイナップルを渡すと、まずフィボナッチ数列を確認するらしい。それにしても、稲石の関西弁のノリにはついていけないものがある。

「後藤さんは、関東の人ですか？」

後藤の標準語に親近感を持ったらしく、浜村渚は彼女を見上げて、僕も気になっていたことを尋ねてくれた。

「いや。出身は大阪なんだけど、大学が東京なの。大学院から奈良で……あ、ひょっとして、言葉のことを気にしてる？」

「はい」

「東京の言葉のほうが、好きなのよね。合理的で」

数学者らしく聞こえる理由だった。

「ケッタイなこと言うわ、さくらネエさん。それやったら、関西弁は数学にはむかんっちゅうことですか？」

パイナップルを再び江川に預けると、稲石は笑顔でつっかかってきた。

「そうは言わないけど……」

「俺らずっと関西でやってきてんねん、なあ、花子」

江川は話に入ってこようとせず、今度はパイナップルの上部のあたりの何かを数え始めていた。

「なんやねん、お前には関西人の誇《ほこ》りがあらへんのかいな。京都嵐山《あらしやま》出身やろ！　もみじの名所やろ！」

どうしても、自分のことを聞いて欲しいらしい。僕はしかたなく尋ねることにした。

「稲石さんは、どこの出身ですか？」

「青森です」

ガタッ！　僕たちの後ろで大げさな音がした。ずっと黙って聞いていた奈良県警の西村がコケたのだ。

「それそれ、それが関西人ですわ」

「当たり前やないですか」

微笑《ほほえ》みあう西村と稲石。後藤さくらがため息をつく。

「本当は、兵庫のくせに。そういうとこが合理的じゃないのよ」

「予想外のボケに、約束された周囲の調和。めっちゃ数学的やん。数学娘、よう勉強しとき」

テンポの速い展開に、浜村渚は目を丸くするだけだった。さくらんぼのノートに関西弁が書かれることは、たぶん永遠にないだろう。

そのとき、ギィーッとドアが開いたので、一気に場は静まった。

薄暗い、研究室の中。

少しの静寂《せいじゃく》のあと、カポンカポンという音をたてながら小さな老人が出てきた。整えられた様子のまったくない白い頭髪、しわだらけの顔……四日市潔である。

「教授、終わりましたか?」

後藤が尋ねると、四日市は欠けたレンズの向こうの目を彼女に向け、

「アカン、森本《もりもと》に相談してくるわ」

と言って、カポンカポンと歩き出した。この足音は何だろう? そう思い、彼の足元を見て、思わず笑いそうになる。

外は雲ひとつない晴天なのに、大きめのゴム長靴を履いているのだ。しかも色は蛍

光の黄色。地味なシャツとズボンにまったく合っていない。

　これも、関西人のボケだというのか？　とっさに稲石を見たが、彼はいたって真面目な顔をして教授の背中を見送っている。その表情からは、畏敬《いけい》の念すらうかがい知れた。やはり、四日市潔という数学者はすごい人物らしい。

　名声などに興味はないとでも言いたげに、老教授は、カポンカポンとサイズの合わないゴム長靴を履いた足を、出口のほうに運んでいった。

Σ

「計算、合《お》うてます？」

「うーん、ちょっと待ってね」

　研究室の壁は入り口から向かって左が書棚、右が大きな黒板となっており、その黒板一面に、乱暴に書きなぐられた不思議な数式が広がっていた。不思議というのは、数字やfやzなどのアルファベットに混じり、『皮』『木』など、簡単な漢字らしき記号が使われていることだ。いずれにせよ僕には、なんのことだかわからない。

　稲石がケン玉をコツコツと操りながら数式を眺《なが》める側《そば》で、後藤さくらは机に腰掛けてカツカツとボールペンを動かし、何かを計算している。どうやら、黒板に四日市教授が書いた式を自分でも計算してみているらしい。

「見たことない記号ばっかりですね」

浜村渚が、お手上げと言うように僕のほうを振り返った。散歩中の四日市潔には、西村と大山がボディガードとしてついており、僕と浜村は研究室の中に入れてもらっていた。

「当たり前や。この研究室でしか使われてへん」

稲石がへへっと笑って玉を剣先に刺す。

「そうなんですか?」

「研究内容が他にバレないようにするためや。俺らしか知らんねん」

「あー、ここが違う。4行目の最後。32分の……じゃなくて、35分の……よ」

後藤がボールペンをクイッと動かして、黒板の一点を指したそのとき、江川花子が切って盛り付けられたパイナップルを運んできた。それをチラッと見たあとで、稲石は後藤が指した場所を探した。

「えーっと、あ、ホンマや、ちごてるわ。ってか、もうここまで計算したんかいな。相変わらず計算速いわ、さくらネエさん」

黒板消しを握り、四日市教授の計算ミスを直す稲石。浜村が目を丸くする。

「勝手に直しちゃって、いいんですか？」

「ええねん。教授もトシや。最近めっきり計算間違いが多なってな。俺らに手伝わせてもらえればええんやけど、あの奇人ぶりやし」

「だから、ああやって散歩に出るとき、私たちがこっそり直してるの」

「私たちて。ほとんどネエさんやないですか。俺ら、ネエさんの計算能力にはついていけまへんわ」

江川の差し出した爪楊枝《つまようじ》で、稲石はパイナップルを口に運んだ。

「森本さんっていうのも、こちらの研究室の方ですか？」

僕が尋ねると、後藤は不思議そうな顔をした。

「いや、さっき、教授が言ってたでしょ？『森本に相談してくる』って」

「森本っていうのは、去年までこの研究室にいた、私の同期です」

後藤はメガネをクイッと上げて答えた。

「今年から、ドイツの大学に行っています。この国では数学への風当たりが強くなって、研究費も打ち切られそうだし」

「相談というのは、電話で、ということですか？」

「ああ、いえいえ。森本君は教授の信頼が厚かった人で。教授は今でも散歩しながら思索をするとき、頭の中で森本君と話しているらしいんです。たまに、ブツブツ独り言を言ったり、それどころか、頭の中の森本君に怒鳴りつけることもあります」

「変人でっせ……長靴、履いてたやろ?」

稲石が割り込んできた。

「あ、それも気になりました」

「ゴムの長靴が、一番アタマに響かんのやて。歩く時アタマに響いたら思索のジャマになる言うて」

想像以上の変わり者だ。彼に協力を要請できないのもわかる。

「へぇー」

浜村渚は四日市教授の奇人エピソードに感心しながら、パイナップルを頬張ってご満悦だ。自分も長靴を履くなどと、言い出すのではないだろうか?

ブーンと、何かの音がした。

「うわっ!」

浜村がそれを見て、思わず叫ぶ。

「何?」

「蜂《はち》です、きゃっ！」

「大丈夫やで、じっとしてたら刺さへんで」

僕もその蜂を追いやろうとしたが、稲石、後藤、江川の三人は落ち着いたものだ。

「隣の農学部で、ミツバチの研究をしている人がいるんです。よく飛んできます」

「あんまり騒がんほうがええで。俺なんか、何度も腕に止まられたけど、刺されたことは一度もないわ」

「ミツバチの研究って？」

「なんや、遠くまで飛ぶミツバチほど甘いハチミツを作る言うて。ケッタイな研究ですわ」

「そんなこと、あらしまへんえ」

小さな声がした。寡黙《かもく》な江川花子だった。

「数学に比べたら、人の役に立つ、立派な研究やわ。それに、ようハチミツくれはりますやんか」

稲石のべらべらしゃべる関西弁とはまた別の、上品なイントネーションだ。京都弁というやつだろうか。

稲石はゲラゲラと笑った。

「ホンマや。俺らの研究なん、全然役に立たへんわ！」

カツン、カツンと剣先で玉が踊る。話している間に、蜂はどこかへ飛んでいってしまった。

「稲石さん、どういう研究をしているんですか？」

浜村が興味深げに聞く。僕は顔をしかめた。この男、きっと僕の知らない話をべらべら得意げにしゃべり出すだろう。

「こいつや」

「ケン玉？」

「玉の大きさと、ケンの長さの比率をどないにしたら、一番入りやすいか。玉の大きさと穴の大きさは？　ってなことや」

「それって、物理学じゃないんですか？」

「物理学者に、何がわかんねん？『物理学は、物理学者たちにやらせておくには難しすぎる』ちゅうて、ダビッド・ヒルベルト先生のお言葉にもあるわ」

稲石はわけのわからないことを言って、ヒヒッと笑い、またしゃべり出した。

「今一番凝《こ》っているのは、剣先とグリップの長さの比や。俺はこれが黄金分割になるんやないかと思っててんねん」

「ここと、ここの長さが？」

「せやねん。しかも聞いて驚くな、一番入りやすいグリップは、指数関数曲線を描くんやないかと、俺はそう予想しとる。さらに、ひもの描く軌跡は自然対数の底eに関係しとるわ」

「すごい！　ケン玉って数学の縮図なんですね」

案の定、僕にはわからない話だ。しかし、浜村渚は目を輝かせて聞いている。

「わかっとるやないかい、数学娘！　名づけて『稲石昇平の青春の夢』や！」

「稲石、いい加減にしなさい」

後藤の一言で、稲石はピタッと黙った。さすが、この研究室の姉貴分だ。

「計算、続けるわよ」

「すんません」

稲石は恥ずかしそうに頭をかき、黒板の前に戻る。マネするように、浜村も難しい顔をして黒板を眺め始めた。

そのときだった。

「すんません！　この研究室に、警察の方がおられると聞いたのですが！」

白いジャンパーを着た、大学の職員らしき人物が血相を変えて飛び込んできたのだ。

「あ、僕がそうですが」

「すぐ裏の道で、人が二人、倒れとります。呼吸はあるんですが、意識があらへんようで」

僕はすぐに飛び出していった。

このときすでに、四日市教授が拉致されていたとは知らずに。

Σ

倒れていた二人というのは、西村と大山だった。先ほどとは別の大学職員が医学部付属の病院に連絡を取っており、そこから出された救急車ですぐさま運ばれた。

二人とも意識はないが、外傷は見当たらず、眠らされていると言ったほうが正確なようだ。

「麻酔薬を打たれていますな」

頭の禿《は》げ上がった老医師は言った。

「麻酔薬？」

「ええ」

事態が黒い三角定規絡みだと知って、彼の顔も深刻だ。四日市教授の姿が見えない今、彼が拉致されたことは明らかであり、それに麻酔薬が使われたとなると……。

「やはり、犯人はうちの医学部もしくは院内におるんやろか？」

不安げな声だ。

「その可能性がありますね」

現在、奈良県警総動員で、医学部に所属する人物を調べており、また、教授が連れ去られた経路についても捜索中だ。現場となった大学裏の小道は人通りが少ないところらしく、目撃情報は皆無だった。

「せやったら、犯人は二人以上の可能性が高いですな」

老医師は、刑事のようなことを言い出した。

「なぜです？」

「麻酔薬は首筋に打たれとります。ボディガード二人のうち、一人に麻酔をかけとる間、もう一人が彼を取り押さえんかったっちゅうことは……」

「二人同時に打たれたのか」

「そういうこっちゃ」

それにしても、不自然だと思う。大山あずさは琉球空手《りゅうきゅうからて》の使い手で、日ごろ、よくそれを自慢してくる。今回、僕を研究室に残して自分がボディガードを名乗り出たのもそれが理由だ。いきなり襲われて、みすみす犯人に麻酔薬を打たせるようなことはないと思うのだけど……。

「麻酔薬を打つのに、時間はどれくらい必要ですか？」

「慣れとるもんなら、ま、二、三秒あれば終わりやね」

「そんなに早く？」

「慣れとるもんなら、の話やで。理学部数学科の人間には無理やろ。せやから、やっぱり」

言いにくいことだが、という言葉が彼の表情に浮かぶ。

「医学部の人間やろな」

2　予期せぬ殺人

奈良県警が手配してくれた宿泊場所は普通の観光客が泊まるような立派なホテルであり、朝食も豪華だった。

きっと、浜村渚に気を遣っているのだろう。これは、なんとしても四日市教授を救出しないと。朝から気持ちが焦る。

大山あずさは、今朝がた目を覚ましたが、体に痺《しび》れが残り、まだ動かないほうがいいと言われている状態だという。一方、奈良県警の西村は昨日の夜のうちに目を覚まし、すでに現場捜査に復帰しているとのことだった。同じ麻酔でも、男女で効き目に差があるのだろうか？

「あずさネエさん、大丈夫やろか？」

浜村渚は、イチゴジャムをたっぷり塗ったトーストをかじり、奈良理科大学の研究者名簿を眺めながら、関西弁のイントネーションをマネした。

「関西弁？」

「うまくなったと思いません？」

あれだけ稲石の関西弁を聞き続けていたら、イヤでも影響されてしまうだろう。

「関西弁は合理的じゃないって、後藤さんが言ってたじゃん」

「違いますよ。後藤さんは、東京の言葉が合理的だって言っただけです」

同じじゃないかと思ったが、言わなかった。きっと、数学的に反論されてしまうからだ。

「あれ？　後藤さんって、修士課程修了に五年もかかっていますね。何回か、落第したんでしょうか？」

「本当？」

僕は、彼女が差し出した研究者名簿を覗き見た。確かに、後藤さくらのプロフィールにはそんなことが書いてある。

「数学って、時間がかかるのかもよ」

「でも、あれだけ計算が速くて頭のいい人なのに」

「そうだね」

しかも、美人だ。僕は心の中でつぶやく。

「それに、同期の森本さんって人は、どんどん先に行ってますよ」

浜村はそう言うと、牛乳をおいしそうにゴクゴク飲んだ。

「すごい人なんじゃない？」

僕にとってはみんな、すごい人だ。目の前の女子中学生を含めて。

「学問の世界って、楽しいことばかりじゃないんですね」

思わせぶりな言葉だった。

「……ひょっとして、もう、教授がどこにいるかわかってる？」

僕がなんとなく聞くと、彼女は長いまつげの目を大きく見開いて、驚いた表情になった。

「どうして、そう思うんですか？」

「なんとなく」

「そんなわけ、ないじゃないですか」

クロワッサンをちぎる浜村。かけらがパラパラと、皿の上に落ちた。

「あんまり、買いかぶらないでくださいよ」

私は普通の中学生ですとでも言いたげだった。

Σ

西村は、ドン！　と音を鳴らして、研究室の机の上に見覚えのある黄色い長靴を置いた。

「これは……」

四日市研究室の三人が目を丸くする前で、西村は申し訳なさそうに頭を下げる。

「昨日はホンマ、すんまへんでした！」

「教授は？　教授はどうなったんです？」

後藤さくらは少し興奮した様子で尋ねたあと、白衣を正した。稲石も眉をひそめ、
江川は顔をごしごしとこすった。いずれも、不安げだ。

「まだ、見つかってまへん」

「この長靴は？」

「農学部の、地下書庫の奥のほうで見つかったもんです」

「農学部？」

一同、首を捻《ひね》る。それはそうだ。僕もさっきその報告を受けたとき、彼らと同じ表情になった。

「私ら、犯人は医学部の人間やとばかり思てて、見逃してたんですわ。農学部も、家畜の研究で麻酔を使いますわ」

「どういうことです？」

「私と、警視庁の大山はん、二人とも同時に麻酔をかけられたんやけど、効き目がちゃいましてん」

そうなのだ。大山は未《いま》だに、付属病院のベッドで寝ている。

「医学部の麻酔は、直接肌に注射しますやろ？　農学部の家畜用の麻酔は、注射以外

にも方法がありますねや」

「と、言うと？」

「吹き矢です」

「吹き矢!?」

数学研究者三人は目を細めた。やはり、専門外の発想には目新しいものがあるらしい。

「そう。大型の家畜の場合、暴れることがあります。で、吹き矢で麻酔をかけるんですわ。ところがこのやり方、当たりどころで、効き目が違うちゅうて。幸い私の場合、すぐ醒《さ》めるようなとこやったんやけど、大山はんの場合は……」

病院の検査の結果、吹き矢は大山の首の静脈《じょうみゃく》にバッチリ刺さったらしいことがわかった。効き目が完全に切れるまでには、二十時間くらいかかる。しかしとにかくこれで、彼ら二人が抵抗する間もなく麻酔をかけられた謎は解けた。

「そいで、農学部のあちこちを捜索したところ、普段使われてへん地下書庫で、この長靴が見つかったんですわ」

しゃべりすぎて口が渇《かわ》いたのか、西村はごくりとつばを飲み込んだ。

「で、みなさんにお聞きしたいんは……」

太い腕が、長靴の中に入れられる。ばさっと、中から一冊の冊子が登場した。

「これです」

「なんですか？」

一同が額をつき合わせて注目する。十五年前の、農学部の研究要綱だった。発見されたときから長靴の中に押し込まれていたもので、教授の指紋も確認された。

「教授が昨日、地下書庫に一時的に監禁されていたんは状況から見て明らかです。その間、教授は書庫で何を残そうとしたんか。この冊子は、教授のメッセージやないかと思うんですが。何か、心当たりはありまへんか？」

「そない言われてもなぁ」

パラパラとページをめくる稲石。『食用ウサギの飼育環境の研究』『ヒマワリの突然変異についての研究』『オウムガイの食用化に関する諸考察』……数学には関係ないような論文ばかりだ。紙は少し黄色くなっており、ところどころページの端が折られている。書庫に保管されていたわりには、乱暴に扱われていたようにも見えた。

「オウムガイの食用化て。海の生きもんやないかい、なんで奈良の大学の農学部がそんなもん研究すんねん」

誰かも知らない農学部の研究者に突っ込みながら稲石は軽く笑ったが、その顔からも不安は消えていない。

「さくらネエさんは、どうですか？　なんか、思いつきます？」

「いや、教授には関係ないようなことばかり」

シロウトの僕にだって、それは明らかだ。あの奇人教授が、ウサギやヒマワリやオウムガイに興味があるとは思えない。それに……。

「教授は、縛られていたはずです」

僕は、彼らに向かって、警察官としての意見を述べ始めた。

「しかも、地下書庫ですから、まわりは闇だったはず。研究要綱の内容は読めなかったんじゃないでしょうか？」

「ってことは？」

「手近な冊子を手探りで引っ張り出し、何かメッセージを残して、足を使って長靴に入れ、犯人に気づかれないように書棚の奥に隠した。論文の内容は関係ない可能性が高いです」

「なるほど」

首を傾け、左手で前髪をいじりながら僕の顔をじっと眺めて聞いていた浜村渚が、稲石の手の中の冊子に視線を移した。そして、

「稲石さん、1ページ目の端っこ、何回折られていますか?」

と聞いた。

「え?」

「1ページ目の端っこです」

「あ、一回やと思たら、巻き込むようにして二回折られてるわ。他のページは一回やけど」

浜村渚はにっこり微笑んだ。

「なんやねん?」

「貸してもらってもいいですか?」

農学部研究要綱を受け取ると、浜村渚はどのページが折られているか、一つ一つ数えていった。そして、一同の顔を見上げるように眺め回した。

「わかりました」

きょとんとする一同。何がわかったというのか?

僕たちの当惑に遠慮する様子もなく、浜村渚は研究要綱をペラペラとめくって見せてきた。

「表紙を除いて、1枚目は2回折られ、2枚目が折られ、3枚目が折られ、4枚目をとばして、５枚目が折られています」

「あ！」

江川花子が、珍しく大声を出した。

「フィボナッチ数列とちがいますか」

稲石と後藤が顔を見合わせる。浜村はうなずいた。

『1、1、2、3、5……』僕も、昨日知ったばかりのその数列を頭の中に思い浮かべる。

「せやったら、次は8枚目？」

「いえ。ここがポイントです。８枚目は折り曲げられていません」

「なんやて？」

浜村渚は研究要綱の8枚目を見せた。まったくの無傷だ。

「けど、そのあとは順調に折られています。13枚目、21枚目、34枚目、55枚目……」

暗闇の中で、フィボナッチ数列のページを折り続ける四日市教授を想像した。縛られていても、指先だけ動かせばなんとかなる。しかし、なんのメッセージなのだ？

それに、なんで……。

「なんで8だけ折られてへんねん？」

稲石昇平が僕と同じ疑問を口にした。

「それが、教授のメッセージです」

数学研究者三人が顔を見合わせて、首を振り合う。誰も、浜村渚の言うことがわからないらしい。

「いいですか？　1、1、2、3、5、13、21、34、55……8をとばしています」

「うわっ！」

後藤、稲石、江川、それに奈良県警の西村が同時に叫んだ。

「この娘、鳥肌モンやで」

「え？　どういうこと？」

僕だけ、取り残されている。

「武藤さん。関西弁っぽく聞かないと、わかりにくいんです」

「え？」

「標準語に直しますね。『ハチをとばしています』……『蜂を飛ばしています』」

そういうことか……。

「農学部にはたしか、蜂を飛ばしている人がいますよね」

Σ

奈良理科大学農学部助手、田部輝夫《たべてるお》、三十二歳。ミツバチの飛行距離とハチミツの糖度の関係の研究をしている男である。奈良県警公安課のデータベースにより、大阪の私立高校に通っていたころ、数学コンクールで賞を獲得していることも判明した。黒い三角定規の一味でもおかしくない。

僕たちが彼の自宅へ行ってみるというと、教授が心配だからといって研究室の三人もついてきた。

「ええですか？　相手はテロ組織や。くれぐれも、勝手な行動はせんといてくださいね」

警察車両の中で、西村は三人に釘を刺した。五人乗りの普通車ではなく、七人乗りの型である。

一番後ろの席で、三人は不安げにうなずいた。僕が彼らの前に座り、隣には浜村渚がしっかりシートベルトを締めて座っている。膝の上にはあのさくらんぼのノートを開き、じっとフィボナッチ数列を眺めていた。

田部の家は畑の中にある広めの一軒家で、納屋や離れがあった。かつて養蜂業《ようほうぎょう》を営んでいた農家を安く買い受けたもので、一人暮らしをしているそうだ。普段から移動手段と兼用であるというミツバチの巣箱を積むトラックが止めてあることから、外出はしていないようだった。

僕たちの乗った車が止まるや否《いな》や、数匹のミツバチが飛んできた。

「うわ、蜂」

「大丈夫や、刺さへんて」

「私、やっぱり、中にいます」

浜村渚は怖気《おじけ》づき、車を出なかった。虫が怖いなど、やっぱりまだ中学生だ。

僕と西村は、玄関脇のインターホンを押してみた。古い農家だが、一応電気も通っており、扉はガラスが嵌《はま》った引き戸になっている。

少し待ったが、返事がないので扉に手をかけてみると、簡単に開いた。何か、嫌な予感がする。

畳敷きの部屋がいくつかあり、一番奥に台所と風呂場があった。平屋《ひらや》のわりに広大だ。それにしても、人の気配がまったくないのが気になる。一体、どうしたのだろう？

西村は裏のほうを回ってみると言って、僕に後を任せて玄関から再び出て行った。

「誰も、おらへんな」

僕のすぐ後ろで、稲石昇平が言った。

油断してはいけない……そう言いかけて、残りの二人がいないことに気づいた。後藤さくらと江川花子のことだ。

「あの二人は？」

「さあ、わからへんで」

と、その時、ぎゃああっ！　と、女性の悲鳴が外から聞こえた。僕と稲石は顔を見合わせ、慌《あわ》てて玄関へと走った。

声の主は、いつもは寡黙な江川花子で、母屋からそう遠く離れていない納屋の外で、中を見ながら腰を抜かしていた。その後ろで、後藤さくらもボーッと立ち尽くしている。

「どないしてん、花子？」

稲石が聞くと、江川は膝《ひざ》をガクガクと震わせながら、中を指差した。

僕と、同じく駆けつけた西村が、恐る恐る中を覗く。

人が、倒れていた。

男だ。薄暗くてよく見えなかったが、体の下に広がっているシミは、血のようだ。

近寄って、呼吸の有無を確認する。

「死んでますね」

僕が言うと、西村は後ろを振り返り、

「この人、誰や？」

と、三人に向かって尋ねた。

後藤が、目をそらせながら、黒ぶちメガネをずりあげる。

「田部さんです」

「え？」

「ミツバチの研究をしている、田部さんです」

田部が死んだ？　一番、有力な犯人候補だったのに。

事件は単純には終わってくれないらしい。

3　疑惑

「俺やない、俺やないで！」

「ええ加減にせい！」

稲石昇平に詰め寄る西村の剣幕に、僕と浜村渚はビクッとなった。関西弁の怒号は迫力がある。取調室から、一刻も早く逃げ出したい。

その後の捜索で田部輝夫の部屋から黒い三角定規のカードが大量に発見されたことから、彼が一味だったのは間違いない。しかし彼には、共犯者がいたようなのだ。田部は教授を誘拐したが、共犯者と仲間割れを起こして殺されてしまった。共犯者は教授を別の場所に移動させ、今もどこかに潜《ひそ》んでいる。これが警察の見解だった。

そして、その共犯者として疑われ始めたのが、なんと稲石昇平だったのである。

「お前やなかったら、これはなんやねん！」

西村はビニール袋に入れられたケン玉を、彼の前に突きつけた。金属で出来た剣先が異様に長く、紛《まぎ》れもない血痕がこびりついている。

「お前のやろ！」

「俺のや。特注や。研究のために、わざと剣先が長くなっとんねん」

「これが凶器や。現場近くの畑の中に落ちてたわ」

「知らん。俺かて、探してたんや」

西村は急に、ピタッと静かになった。

「あくまで、自分やないと言い張るんやな？」

「当たり前や。誰かが俺をハメようとしてんねん」

西村はスッと身を引き、浜村渚の後ろに回りこむと、彼女の背中を押して稲石の向かいに座らせた。

「数学娘の言うことなら、聞くな？」

「なんやねん？」

浜村渚は不安げに瞬《まばた》きをしながら、さくらんぼのノートを机の上に置いて、開いた。

「あの……これは、田部さんが倒れていた納屋の、隣の部屋の壁に書かれていたものです」

現場の納屋は薄い壁で二部屋に仕切られており、両方に出入り口がある。田部が倒れていた隣の部屋では、四日市教授のもう片方のゴム長靴が発見された。教授は、その部屋に監禁されていたことになる。その証拠に、部屋の壁に教授の筆跡による次のメッセージが、ペン書きで残されていたのだ。

『未（14）＋1337』

「なんや、これ？」

「この『夫』っていうのは、四日市教授がかなり昔の論文の中で使っている記号なんだそうです」

浜村はおずおずと説明した。

「ああ、教授は漢字を数式に取り入れるのが好きやからな。せやけど、これは見たことないわ」

「後藤さんが教えてくれました。これは、『フィボナッチ数列の14番目の数』って意味らしいんです」

「なんやて？」

また、フィボナッチ数列か……自然界だけではなく、殺人事件にもよく出てくる数列だ。

「まあ、フィボナッチの『フ』からの連想やろな。教授らしいわ」

「で、フィボナッチ数列の14番目と言ったら377ですよね？」

「ということは……」

二人はすでに、数学好きの顔に戻っている。とても警察の取調室とは思えない。

『377＋1337』

「答えは？」

「1714やな」

稲石がビシッと答えたので、却《かえ》って浜村渚は驚いたようだった。後ろで、西村がクックッと笑い出す。

「なんやねん？」

「1714……イナイシ……お前の名前やないか！」

稲石は目を見開いた。

「うわ！　ホンマや！」

「自白するか？」

「せえへん」

ガタッとコケる西村。どんなときでも、関西人魂は忘れない。

「なんでやねん、お前の名前やろ」

「違うわ、ハメられてるわ！　デタラメや！」

西村は再びわめき始めた稲石の前に顔をぐっと寄せ、黙らせた。

「この『夫』ちゅう文字、教授の筆跡と一致しててん。教授が書いたのに間違いあらへんねや！」

稲石は少し反論しようとしたが、何も思いつかないらしかった。

取調室を出てすぐ脇の階段を下り始めると同時に、浜村渚は何か考え込みながら、不規則な歩き方をした。一段下りたかと思うと、次の一段をとばして下りてみたり、とにかく不規則な、不思議な下り方だ。――一段下りるか、一段とばして二段下りるか、この二通りの下り方を組み合わせたら、n段下りるのに何通りの下り方がありますか？

Σ

そんなような問題を、彼女は作り出すのではないかと思い始めたそのとき、

「ちょっと、よろしおすか？」

後ろから小さな声が呼び止めたので、僕たちは振り向いた。

鼻辺りまで伸ばした長い前髪、地味な紫《むらさき》のシャツ。江川花子だった。稲石の取調べと同時進行で行われていた事情聴取が終わったのだろう。後藤さくらは、江川と入れ違いで聴取が始まったのかもしれない。

「江川さん、どうかしましたか？」

「うち、稲石さんが犯人やとは思えまへんのですえ」

僕は思わず言葉をのんだ。

「どうしてですか？」

浜村が、代わりに尋ねた。

「聞いてくれはりますやろか？」

僕たちは連れ立って階段を下り、県警一階の吹き抜けにある、長いすに座った。

「フィボナッチ数列14番目の数は、たしかに377ですえ。せやけど、15番目は610、16番目は987、17番目は1597です」

江川はいきなりこんなことを言った。

何が言いたいのか……。

「わかります」

浜村渚は、わかってしまったようだ。ノートを開き、ピンクのシャーペンを走らせる。

『未(17)+117』

「1714を表すなら、17番目の1597に117を足せばいいはずなんですよね。どうしてわざわざ14番目の377に1337を足すようなことをしたのか、ってことでしょ？」

「そのとおりですえ」

なるほど。目的の数字に一番近いものに、その差を足した方が効率的だというのか。確かに、数学者である四日市潔ならそう考えるのが自然なのかも知れない。現に、浜村渚と江川花子はそう考えている。

「しかし、それだけで、稲石さんじゃないと言えますか？」

僕が尋ねると、江川は当惑した。

「これは別に、数学的なことやないんですけど……」

「結構ですよ」

「稲石さんは、とても教授のことを尊敬してはりました。ああ見えても、誠実な人なんですえ。私も、何度も助けていただきました」

普通の証言だったが、やっぱり、江川の上品な京都弁だと、心が揺すぶられる思いがする。

「わかりました。では、昨日の夜から順を追って、思い出す限り、なんでもいいから話してもらえますか？」

その後、江川花子が話したのは、次のとおりである。

昨日の夜、四日市教授が拉致されたことを知ったあと、三人はとにかく役に立とうと、奈良県警と共に医学部の捜索に加わった。が、やはり専門外のことで役に立てず、八時ごろには解散になった。江川は下宿に帰り、すぐに寝てしまった。

そして今朝、やはり心配が手伝ってか早く目が覚めてしまい、落ち着かないので大学に向かった。七時ごろに研究室に着くと、すでに後藤さくらがいた。

「私も、落ち着かなくて」

そう言いながら後藤は、何かの論文を開いて読んでいた。研究者は、手持ち無沙汰になると論文に目を通すクセがあるらしい。

二人で四日市教授の安否を案じていると、やがて稲石がコンビニの袋をぶらさげてやってきた。

「二人とも、朝メシ、食うたか？」

気をきかせて二人のぶんの朝食も買ってきてくれたのだ。

そうこうしているうちに、僕たちがやってきた。西村が見覚えのある黄色の長靴を見せてきて……あとは、僕も見てきたとおりである。

「それから、死体を発見したときのことも、聞いておきたいんですけど」

僕が尋ねると、江川はうつむきながら、再び話し始めた。

僕と西村と稲石が母屋に入って行ったあと、後藤が納屋の存在に気づいたので、二人で行ってみた。扉が二つあり、江川は西村が来るまでやめようと言ったのだが、後藤さくらは右の扉を開けて、中に入って行ってしまった。あとを追って中に入る気にはなれず、かといってせっかくきたのに役に立てないのも後ろめたい。そう思って左の扉を開けてみたところ、田部が倒れているのを見つけ、腰を抜かしてしまったのだという。

「最初に後藤さんが入ったのは、教授の長靴が発見されたほうの部屋ですね？」

「そうですえ」

江川はうつむいたまま答えた。

「その論文は……」

僕の隣で、浜村渚が質問を投げかけた。

「どういう論文でした？」

「論文、と言いはりますと？」

「後藤さんが、今朝、読んでいた論文です」

江川の眉が長い前髪の向こうで弱々しげになる。

「そこまでは、よう見ませんでした。ただ、研究室の書棚にあるもんやと思いますえ」

「そうですか」

「浜村さんは、どない思いますやろか？　やっぱり、稲石さんが犯人やと思います？」

浜村渚には、数学の能力の他にも、人を惹《ひ》きつける独特の雰囲気があると思う。数学研究者の江川でさえ、この中学生を頼りにし始めているのだ。

「うーん、どうしてもひっかかりますよね、このフィボナッチ数列の謎」

浜村は、ヘアピンをしていないほうの前髪を左手でいじりながら答えた。

「あの、ひょっとしたらだけど……」

僕は、恐る恐る、二人の会話に入った。数学のできない自分が恨めしい。

「なんですか、武藤さん？」

「江川さん、怒らないでくださいね」

「聞かせてくださいよー」

僕の煮え切らない態度が、少し気になったのかもしれない。浜村渚は、手のひらでトンと、僕の膝を軽く叩いた。

「教授の、計算ミスってことはないかな？」

「計算ミスぅ？」

声をそろえて驚く二人。

「四日市教授、最近、計算ミスが増えたって」

「ああ、そんなこと、稲石さんが言っていましたね」

「後藤さんも」

江川は長い前髪を右手ですくい、右耳にかけ、そして何かをごまかすように苦笑いした。彼女の目を、初めて見た気がする。

「計算ミスが最近多なったのは、まあ、そうなんどすけど……監禁いう緊迫した状況で、ミスしはるでしょうか」

「じゃあ、わざと、ミスしたとか」

引き下がれず、僕は新たな可能性を口にした。

「わざと？」

「メッセージの内容が犯人を告げるものだと気づかれたら、隠滅《いんめつ》されてしまうでしょ。だから、わざと計算ミスをして」

「なるほど！　すごい、武藤さん！」

浜村渚が手をパチンと打つ。少し嬉しくなった。

彼女はそのまま、ノートに書いた数式をじっと眺め、何かを考え始めた。

『夫（14）＋1337』……『377＋1337』……これが、1714を表すものではないとしたら？

5　ちごうた計算

夕方、僕たちが再び研究室を訪れると、後藤さくらと江川花子が二人揃って、それぞれ論文を読んでいた。

「あ、武藤さん」

後藤が顔をこちらに向けた。黒ぶちメガネの向こうの表情が、薄暗い光の中で余計美しく見えた。

「暗くないですか？」

「あ、もうこんな時間。電気、つけてもらえます？」

僕が反応する前に、西村が壁のスイッチを入れた。乳白色の光が研究室に充満し、黒板に残された四日市潔の数式を照らし出す。

「稲石昇平、証拠不十分で釈放されましたで」

西村が告げると、江川の顔が緩んだ。

「そうですか」

後藤さくらは表情を変えない。何か、冷たい雰囲気すら感じさせる。

「しかし、それだと犯人はどこに？　教授はどこに？」

「まだ見つかってまへん。が……」

西村が目を光らせる。その眼光は、後藤さくらへの疑いで溢《あふ》れていた。

「今日中にカタがつくとええなぁ」

緊張したような雰囲気になってしまった。

「後藤さん、あんた、田部輝夫と高校が同じ、しかも同級生やったそうやないですか」

この事実を聞かされたとき、僕も驚いた。彼女の疑いは、グッと濃くなったのだ。

「……そうだったかしら」

後藤は、それがどうしたのかというような表情だ。

そこからの沈黙は、重く、しかも誰もが鎖につながれたように逃げることを許されない、苦しい時間だった。黒ぶちメガネの向こうの聡明《そうめい》な目と、犯罪者に慣れた高圧的な目が静かに睨みあう。

しかし、この睨みあいは、西村に不利なものだった。疑いが深くなったというだけで、実は彼女が犯人である証拠は何一つないのだ。

「江川さん、見つかりました？」

突然、浜村渚が言った。

「ありましたえ。これです」

江川は紫の表紙の、ボロボロの論文冊子を彼女に差し出した。目線を移す後藤。

「何よ、それ？」

「『クーガンの問題におけるトムソン母関数のとりうる値について』……四十年前の、教授の論文ですえ。さくらネエさん、今朝、これ、読んではりましたやろ？」

「そうだったかな？」

「浜村さんの言うとおりやったわ。この論文の中に、現場に残されたフィボナッチ数列の記号が使われていますのやわ」

江川の目が後藤さくらからそらされ、浜村に向けられる。浜村はにっこり笑った。

「後藤さん、これを見つけるために朝早く来たんですね？」

浜村渚も西村と同じく、後藤が犯人だと確信しているらしい。また僕だけ、取り残されているようだ。

「どういう意味？」

「計算ミスじゃなかったんです」

浜村はピンクの勝負シャーペンを胸ポケットから抜き出し、さくらんぼのノートを開き、『夫（14）＋1337』をぐるぐると囲った。どうやら、悩み続けた謎が解けたらしい。西村を見る。訝《いぶか》しげながらも、期待を込めた表情。彼もまだ聞かされていないようだ。

「教授も、もちろん犯人さんも、計算ミスなんかしてません。それどころか、尊敬すべき計算の天才です」

「どういうこと？」

「教授は田部さんにさらわれて、納屋に監禁されます。隣の部屋で田部さんと犯人さんが言い争っているのを聞いて、犯人さんの名前を残そうとしました」

――『夫（14）＋1337』

「犯人さんは、田部さんをケン玉で殺したあと、教授を移動させようとして隣の部屋に行きます。そして教授が残したメッセージを見つけた。けどそのときは、それが何を表すものかわからなかった。それで朝早く来て調べたんです。この論文を読んで『夫』がフィボナッチ数列を表すものだと知った犯人さんは焦ったでしょうね。あのまま残しておけば、自分が犯人だってバレちゃう」

誰も、その女子中学生の言葉を遮《さえぎ》ろうとはしない。彼女は、これ以上楽しいことはないというような顔だった。対照的に、後藤の顔が曇っていく。

「ところが、ここで一発逆転！　天才的な計算能力で、教授のメッセージをごまかすばかりか、逆に、稲石さんを疑わせることに利用できるって気づいたんですよ、カッコいい！」

一人ではしゃぐ浜村。まったく、なんのことだかわからない。

「だから犯人さんは、あの部屋に一番乗りをしなければならなかったんですよね。教授のメッセージに、一文字書き加えるために」

「何を言っているの？」

「消しゴム、あります？」

浜村が、証明中には誰にも何も言わせないというように、突然、消しゴムを要求したので、時が止まったようになった。

江川がポケットから消しゴムを出し、浜村に手渡す。

「ありがとうございます」

「一体、なんなの？」

「教授は、ホントはこういう式を書いたんです」

数字が一つ消されるのには、一秒しかいらなかった。浜村渚は消しゴムで、数式の一番最後の『7』を消したのだ。

――『夫（14）＋133』

「『フィボナッチ数列14番目の数に、133を加えよ』……377＋133で、510です」

「…………」

「510……ゴ、トウ」

……なんてことだ。呆気《あっけ》に取られる一同。

「数式の最後に『7』の文字を書き加えるだけで、510が1714に、『後藤』が『稲石』に変わるんです。スゴイです、後藤さんの計算能力。ホントに、スゴイです」

浜村渚はただ一人この状況を楽しんで、後藤さくらを褒《ほ》めちぎった。まったく数学のことになると、周囲の空気などほったらかしだ。

後藤は黒ぶちメガネをゆっくりと外して丁寧《ていねい》にたたみ、机の上にコトリと置くと、顔を覆うかのような長い頭髪を、両手でファサッとかきあげた。そして机にひじを置いて、白い指を組むと、西村のほうを向いた。

「西村さん、これ、証拠になるかしら？」

意外にも落ち着いて聞こえる声だった。鼻筋の通った、美しい顔のつくり。口元に笑みが浮かんでいる。

西村はハッと我に返り、がさがさと自分の内ポケットを探った。

「え、えーと、あんたがここに『7』と書いてくれたらやな」

あまりの展開に、慌てているようだ。取り出された警察手帳さえ、浜村渚のさくらんぼノートに比べると頼りなく見えてしまう。

「現場に残った数式の『7』の筆跡と比べて……」

くすっ。後藤は笑った。

「そんなことする必要、ないわ」

「え?」

「本当は言い逃れしようと思ってたけど……ここまで褒められたら、自白しないわけにはいかないでしょ」

微笑を交わしあう、後藤さくらと浜村渚。あの、数学好き特有の、お互いへの尊敬のこもった知的な笑顔だ。

後藤は白衣のポケットに手を入れると、鍵を取り出し、西村へと投げた。

「私の下宿に、教授を監禁しています。どうぞ、助けてあげてください」

あっさりした敗北宣言に、西村はぽかんとしていたが、

「あ、ああ……あとは、頼んまっせ」

と言い残し、研究室を出て行った。

とにもかくにも、これで一件落着である。僕は浜村渚の満足な顔を見て、彼女がもう何もしゃべらないことを悟った。あとは、僕の役目だ。

「あなたは、黒い三角定規の一味なんですか？」

後藤は一度置いたメガネをもう一度かけると、僕のほうを向いた。

「まあ、そういうことになるかしら。協力したわけだし」

「やっぱり、今の数学教育に反対で？」

「ちがうわ」

そう言うと彼女は、和《なご》やかだった顔を険しくした。

「教授を問い詰めることが目的だったのよ」

「問い詰める？」

「教授は、私なんかより森本君のことばかりにいつも目をかけてた。口を開けば森本、森本って……私の研究なんか見てもくれなかった。そのくせ、論文には厳しくて、修士課程に五年もかかったわ」

「…………」

「どうして私に厳しくするのか、どうして私の研究を見てくれないのか、聞こうとしてもいつも『思考の鎖が途切れる』で逃げてばっかり。そんなとき、田部が私に教授の拉致を手伝ってくれないかと誘ってきたの。彼が黒い三角定規に所属していたのには驚いたのだけど、私はこれを利用しようと思った。教授を監禁して、じっくり話をするの。私の研究について、じっくりと」

後藤さくらは口を結んだ。その沈黙から、数学に青春を捧《ささ》げてきた彼女の、一途なプライドが感じ取れた。

「田部を殺したのは、なぜです？」

「教授をこっそり連れていこうとしたら、見つかって、止めようとしたからよ。そればかりか、あいつは私の研究を、結果の出ない妄想理論だと罵《ののし》って……それで、いざというときのために拝借していた稲石のケン玉で……稲石には、悪いことしたわ」

「教授と、じっくり話はできたんですか？」

浜村渚がポツリと聞くと、後藤は自虐《じぎゃく》的に微笑んだ。

「全然。一晩中、森本、森本、ばっかり。結局、フィボナッチの記号も自分で調べなきゃならなかったし。教授、私のことなんか嫌いなのよ」

そのときだった。

「それは、違いますえ」

静かな京都弁が遮った。江川花子が、遠慮がちに前髪を耳にかけるところだった。

「うちが、この研究室に入るときの面接で、教授は言わはりました。数学者には、独創型と応用型の二種類がいる」

「え？」

「この研究室には、森本いう独創型と、後藤いう応用型がいる……これからの数学界に求められているのは、圧倒的に独創型や、計算しかでけへん応用型は必要あれへんように思われがちやて」

「ほら、やっぱり」

「せやけど、応用型が、その能力に秘めた独創性を発揮したとき、独創型には一生かかっても作り出せへんものが作り出せるハズや……後藤にはそれがある、言わはって……」

後藤の目が、江川に向けられた。

「ウソよ」

「本当ですえ。本人には言うなと教授が言わはりましたので、黙ってましたのやわ」

江川花子は立ち上がると、書棚の一番下の端に取り付けられた小扉を開け、Ａ４型封筒を取り出した。中からは、あちこち付箋《ふせん》が貼られた、一冊の論文が出てきた。

「これ……」

「五年かかった、さくらネエさんの修士論文ですえ。教授は、ネエさんが生み出さはった『連続無限らせん小数点』いう概念に、えらい興味あらはるようどす。いつか、これについて、ネエさんと思考の鎖をつなごう思わはっていますわ」

「まさか」

後藤は自分の修士論文をパラパラとめくった。どのページにも、四日市教授の細かい数式やグラフが書き込まれている。それは、師匠から弟子への愛情以外の何物でもなかった。

ふーっ。大きなため息を吐き、後藤は表紙を閉じた。

そして、壁の黒板に目をやると、一面を埋め尽くしている四日市教授の計算式たちを、いとおしげに眺めた。

「花子、私もやっぱり、四日市潔の弟子だったたってことよね」

そして彼女は、師匠の数式を見据えたまま、静かに次の言葉を継いだ。

「計算、ちごうたわ」

数の真理を追究するがために研究に没頭するあまり、師匠の愛情を感じ取れなかった女。

それは、僕たちがこの旅で聞いた中で最も美しく、最も哀しい関西弁だった。

log10000.

『π《パイ》レーツ・オブ・サガミワン』

√I　円周率男登場

大山《おおやま》あずさは大口を開けてアップルパイをかじり、もぐもぐと口を動かした。都内に何店舗か出しているシャンクスというベーカリーのアップルパイを、彼女はとても気に入っている。最近ではすっかり大山の妹分のようになっている浜村渚《はまむらなぎさ》も一口でその魅力にとりつかれ、二言目には「食べたい」と言い出すようになった。そのせいで、ここのところ対策本部内には、リンゴとバターの食欲を誘うにおいが充満するようになっているのだ。

しかし、このアップルパイという食べ物、僕にとって一つ、気に入らないことがある。

食べるたびに、ポロポロこぼれることだ。

「ねえ、渚」

二口目をかじる前に、大山は浜村を見た。

「なんですか、あずさネエさん」

「円周率って、結局なんなの？」

浜村は制服のスカートの上にポロポロとパイ生地をこぼしながら、大山の顔を見返した。

「その前に、円ってどういう図形だか、知ってます？」

「マルのことでしょ？」

「マルはマルなんですけど、正確には、『ある点から等しい距離にある点の集まり』っていう定義があるんです」

「はぁ？」

「逆さに言えば、『円には、必ず一点だけ、中心があります』ってことです」

傍《そば》で聞いていた瀬島直樹《せじまなおき》が、ふんと鼻で笑った。

「当たり前だろ」

「もう。すぐ、当たり前って言わないで下さい。中心のない歪《ゆが》んだマルだって、たくさんあるでしょ。それだと直径が決まらないから、円周率の話ができないんです。ね、武藤《むとう》さん」

僕は、急に話をふられてビックリした。曖昧《あいまい》な笑顔でうなずく。

「で、円周率って？」

大山は先を促した。

「そんなもの、俺が答えてやる。円周率は、直径に対する円周の長さの比のことだ」

そうだろう？　と、瀬島直樹は浜村に高慢《こうまん》な目つきを向けた。

「あってると思いますけど、あずさネエさん、わかります？　数学の定義って、正確にしようとすればするほどムズカしく聞こえるから、私は、苦手なんですけど」

今さっき自分が言った円の定義のことなど棚に上げ、浜村は顔をしかめた。大山も、同じような顔をしている。

「わかりやすく、説明してくんない？」

「えーと、材料配分がとても苦手なケーキ屋さんがいたとします。何ケーキにしますか？」

「チョコクリーム」

「いいですね、チョコクリーム」

にっこり笑う浜村。アップルパイを食べながら、チョコクリームケーキの話とは、女は本当に甘いものが好きだ。

「このケーキ屋さん、作るケーキの大きさはいろいろですけど、いつもどうしても、ケーキの周りの壁にぬるチョコクリームの量が上手《うま》くいかないんです。足りなかったり、余っちゃったり」

「大変だね」

「そうです。彼女は考えました。直径の長さを計っただけで、円周の長さがわかったら、ステキなのに」

「あ、女だったのか」

大山は話の本質ではなく、「彼女」の部分に引っかかった。こういう生徒が、クラスに一人はいた。

瀬島が笑ったので、大山は悪かったというように、浜村に向かって手で合図した。

「彼女は、いろいろ試した結果、ついに気づきました。直径の長さに3.14をかけたら、だいたい円周の長さと同じになる。直径15センチなら47.1センチ、直径20センチなら62.8センチ」

「ふーん」

「この、『だいたい3.14』っていう数字が、ズバリ円周率です。魔法みたいな数字でしょ?」

大山は目を大きくした。

「え、何？　そんなに簡単なことなの？　……つまり、直径に何をかけたら円周になるか？　っていう数字のことなの？」

「そうです、そのとおり」

浜村はケーキの話を終え、二切れ目のアップルパイに手を伸ばした。一切れでもかなりボリュームがあるのだけど……この中学生は、体が小さいわりには食欲旺盛《しょくよくおうせい》だ。

「浜村、お前らしくない、曖昧な説明だな」

瀬島が毒づいた。

「円周率は3.14じゃない。正確には、それより少し多い数字だ」

「そうです。でも、3.141だって、正確じゃないんですよ。3.1415のほうが正確だし、それよりは3.14159のほうが正確だし……って言ったら、きりがないじゃないですか。円周率は、永遠に続きます」

「まあ、それはそうだけど」

「多くの数学者たちがこの値に近づこうとして、未《いま》だに求められ続けているので、小数点以下、ぜんぶ尊敬すべき数字なんですけどね」

瀬島と浜村の話を、大山はすでに聞いていなかった。円周率がどういうものなのか理解して、スッキリしているようだった。

「ちぃーっす」

その時、あの男がやってきた。

だらしなく伸ばした頭髪の先のほうだけを黄土色《おうど》に染め、紺の帽子を後ろ前に被《かぶ》り、同じく紺のジャンパーの袖《そで》の部分を腰に巻いて、チンタラチンタラと歩いてきたこのガラの悪い男は……警視庁鑑識課23班リーダーの、尾財拓弥《おざいたくや》である。

「おお、タクヤ、待ってたよ」

「大山さん、なんすか、このにおい？」

「シャンクスのアップルパイよ」

「ハンパねぇ、バターくせえっすね」

今日、浜村渚がこの対策本部に来ているのは、実はある人物に会うためであった。鑑識23班に最近配属された新入りである。

「で、その円周率男ってのは？」

大山が聞くと、尾財はクイッとあごを動かし、今入ってきたばかりの入り口を指した。

そこには、一人の小柄な鑑識官が、ポケットに手を突っ込んだまま佇《たたず》んでいた。茶色い短髪、半分以上剃《そ》られた眉、キツい目つきに、ふてくされた表情。本当にこの班は、ガラが悪い。

Σ

津殿島《つどのとう》。神奈川県相模湾《さがみわん》に浮かぶ小さな島だ。陸から十キロと近く、かつては人も住んでいたが、十数年前から無人島になってしまった。

この島に近い海沿いの町を中心に、姿を消す人々が多くなったのは最近のことである。年齢層は十代から四十代まで、性別も男女関係ない。地元の警察は、誘拐事件と判断して捜査を始めたが、どうもいなくなる人間が多すぎるということで首をかしげていた。

時を同じくして、同じ町でコンビニ強盗が多くなった。派手な柄のバンダナで覆面をし、白地に黒字で5ケタの数字をあしらったTシャツを着た彼らは、入店するなりナイフで脅したかと思うと、そのまま手際よく店員たちを縛りつけ、金品ではなく、もっぱら食料だけを奪っていくのだという。今どき、食料ばかりをとっていくなんて……そんな強盗がいるだろうか？

この二つの奇妙な事件を結びつけたのは、海沿いに住む一般市民たちの証言だった。夜中に津殿島から船がやってきて、それに数人の人間が乗り込んでいたというのだ。彼らはそろって、無地に5ケタの数字がプリントされたTシャツを身に着けていた。

消えた人たちは津殿島にいる。地元の警察はそう確信したのだが、島自体が現在複数の人間の共同私有地になっているため捜索令状を取るのが難しくなっており、とりあえず偵察船を出すことにした。

……船は、乗組員ごと帰ってこなかった。ただ、彼らが通信の最後に送ってきたデジカメ撮影画像が確認された。島の裏手にある高台が映っており、高々と立てられた一本のポールに、二枚の旗がたなびいていたのである。

一つの旗には、額《ひたい》に「π」と書かれた水色のドクロが描かれており、もう一つの旗には、黒の三角定規が二枚重なった例のマークが描かれていた。事件が、黒い三角定規絡《がら》みと判断された瞬間だった。

前にもこの数学テロ組織の事件に関わったことがある神奈川県警によって、人工衛星を使った詳細な調査がなされた結果、この島には、数十名の男女が共同生活を送っていることが判明したのだ。

情報を受けた警視庁の黒い三角定規・特別対策本部は、蓄積されたデータの中から、実行犯らしき人物を一人ピックアップした。

安達宏典《あだちひろのり》。組織の主導者である高木源一郎《たかぎげんいちろう》のゼミの研究生の一人であり、学生時代は「海賊サークル」に所属していたらしい。

「海賊サークル?」

竹内《たけうち》本部長からの事件概要報告を受け、僕と大山と瀬島は声を合わせて聞き返した。

「ああ、近頃の大学のサークルには、いろいろあるもんだ。長い休みに無人島に出て行っては、海賊のような暮らしをするらしい」

「それって、港町を襲って美女を拉致《らち》したり……」

「孤島《ことう》の洞窟《どうくつ》に眠る財宝を追い求めたり……」

「裏切り者を縛り首にしたり……」

「そういうサークルですか?」

僕たち三人は、それぞれの海賊のイメージを並べ立てた。竹内本部長は首を振る。

「いや、早い話が無人島キャンプだ。しかし、海賊たちの行動については憧《あこが》れを持って、普段から研究していたみたいだけどな」

「その彼が、海賊行為を実行に移しているというわけですか」

海賊を模した、一般市民拉致とコンビニ強盗。黒い三角定規、いろいろなことを考える。

「彼だけではなく後輩たちも、どうやら同調しているらしい」

「え？」

「海賊サークルの後輩たちの消息が、不明なんだ。安達とともに、津殿島にいる可能性が高い」

「しかし、彼らの目的は、一体なんなんですか？　犯行声明もないし……」

瀬島が言った。

そうなのだ。これまでのケースを考えると、主導者の高木源一郎自ら、インターネットのフリー動画サイトを通じて犯行声明をしてきてもおかしくない。それをしてこないということは、彼らの地下活動の一つとも考えられる。

「ひょっとして、人材育成とか。数学に傑出した協力者を作るために、人々を拉致して教育しているのでは」

瀬島と大山が僕の顔を見た。これは現地に行ってみるしかないな、という目つきだった。竹内本部長が軽く咳払《せきばら》いをする。

「いずれにせよ、今回も彼女の助けを借りることにはなると思うが……」

彼女というのは、もちろん浜村渚のことだ。

「もう一人、使えそうな人材がいるんだ」

鑑識課23班所属、上原《うえはら》ヤマト。また23班か。彼らのことを気に入っていない瀬島は、顔をしかめ、首をかしげた。

Σ

上原ヤマトはポケットに手を突っ込んだまま、鋭い目つきで天井を睨《にら》みあげた。僕たちと、目を合わせたくないらしい。無愛想《ぶあいそう》なヤツだ。

「ヤマト、見せてやれよ」

尾財がせっつく。チッと舌打ちのような音が聞こえた。鑑識課23班は団結力だけはあるかと思っていたが、新入りはリーダーにも楯突《たてつ》くらしい。

「おい、ヤマトぉ」

言うことを聞かせられない尾財は困ったように苦笑いをした。瀬島の肩が震えている。人には傲慢《ごうまん》な態度をとるくせに、他人の礼儀のなさには厳しい男だ。

「お前！」

ついに怒った口調で上原の前にズケズケと歩いていき、その顔を覗《のぞ》きこんだ。反抗的な目つきで見返す上原。彼らの用語で、メンチの切りあいというのだろうか。すぐにでも殴り合いが始まりそうなピリピリした雰囲気になった。浜村渚は食べかけのアップルパイを握《にぎ》り締めたまま、おどおどとその様子を見守っている。

「尾財は、お前らのリーダーだろ！」

その時だった。

「さんてん！」

瀬島の言葉に被せるように、上原は意味不明の言葉を怒鳴った。

「いちよん」

たじろぐ瀬島……上原の声は落ち着いてきたが、まだぶっきらぼうだ。

「いちご、きゅうに、ろくご、さんご、はちきゅう、ななきゅう」

どうやら、例の数字を羅列《られつ》しているらしい。

浜村を見ると、さっきまで恐れおののいていたその口元はほころび、あのとろんとした二重《ふたえ》まぶたの奥の目がキラキラし始めていた。

「3238462643383279502８……」

あとからあとから数字が飛び出てくる。数字嫌いの大山は、もううんざりという顔をした。

「いつまで続くの？」

「ほっといたら、いつまでも言ってますよ。十万ケタまで覚えてるらしいっす」

尾財はひひっと笑い、何かの紙束をカバンから出して、僕たちに配り出した。おなじみの「3.14」から始まるあの数字……円周率がびっしりと敷き詰められている。

「十万ケタ？」

「こいつの特技、これだけじゃないっす。おい、ヤマト、いったんストップ」

尾財の号令がかかると上原は暗誦《あんしょう》をやめ、その顔を睨みつけるような目つきをした。

「３５００ケタ目から」

「2671113699086585163980……」

「ウソでしょ……」

絶句、というように浜村渚は目を丸くして、尾財から渡されたばかりの紙を凝視している。あまりの数の多さに圧倒されている僕たちはその数字たちのどこを見ていいのかわからなかったが、彼女の反応を見る限り、彼の更なる能力が明らかになった。

この男、円周率の指定されたケタ数からの数字を即座に言えるようなのだ。

「いいですか？」

我慢できなくなったのか、浜村がアップルパイを置いて人差し指を立てる。またも暗誦はピタッと止《や》んだ。

「２万７３５４ケタ目から」

「061867178610171567409……」

「信じられない」

また正解らしい。確かに、すごい能力だ。だけど……。

「こんなのが、数学の能力か？」

バサッと紙束を机の上に投げ出し、瀬島がわめき出す。

「円周率十万ケタ？　それがどうした？」

「瀬島さん、これは、永遠に続く円周率への、人類の挑戦の結果です。わかっていながら覚えている人は少ないのに、この力はスゴイです」

浜村渚は心からの敬意をこめてそう言った。

「そうじゃない。なんの役に立つかって聞いてるんだよ！」

「なんの役に立つか、ですか？　それは、今すぐには答えられないですけど……」

少し困ったような表情。声も小さくなっている。

それでも引き下がらず、浜村は瀬島に答えた。

「役に立たない数字なんて、この世にはないはずです」

√4　キャプテン・ルドルフ

東海道線の車内のボックス席。捜査協力のため、またしても学校を休んだ浜村渚は、小さな肩掛けカバンから取り出したさくらんぼの表紙のノートを開いて、先日の続き、円周率講義の第二章を繰り広げていた。今日は制服ではなく、普段着だ。

捜査本部の置かれている津殿署まで、本当は車で行こうとしたのだが、まれに見る大事件で関係者が多く、駐車のスペースがないというので、わざわざ電車で行くことになってしまった。

「こうやって、内接する正多角形の辺の長さよりは円周のほうが長いだろうっていうやり方が、円周率を求める伝統的なやり方です」

「ふーん……これで求めた人、いるの？」

話はすでに、僕のついていけない内容だ。大山あずさは、ノートを覗きこみながら首を捻《ひね》っている。わかっているのだろうか？

「ドイツの、ルドルフ・ファン・ケーレンさんって数学者が、一生かかって、35ケタ目まで求めました」

「一生かかって？」

「はい。『ルドルフの数』って言って、とっても名誉な数字です」

浜村はピンクの勝負シャーペンで「ルドルフ」と書きながら言った。

「でもこれ、まだ続くんでしょ、永遠に」

「はい。しかも超越数であることが、リンデマンさんによって証明されています」

何を言っているのか、ぜんぜんわからない。

「ずっと続くって、どうやって証明するの？」

あまりに当然で、あまりに素朴な大山の質問。

すると、浜村の長いまつげの目が、急に弱々しげになった。

「それ、聞きますか？」

「聞くよ、気になるもん」

「えっと、もし、円周率が割り切れる数だったら、ってとこからスタートします。そして、なんとかして、矛盾を探すんです。もし矛盾が見つかったら、『割り切れたらマズイから、円周率は割り切れない』ってことになるんです」

「ふーん、よく、わかんないわ」

大山は黒目の割合の多い目をこすりながら、あくびをした。自分で聞いておきながら、無責任な態度だ。瀬島が横で意地悪く笑う。

「それで、浜村、円周率の十万ケタがなんの役に立つのか、答えは見つかったか？」

「それを探すのもまた、数学じゃないですか」

「意地張りやがって。世の中には、なんの役にも立たない数学があるんじゃないのか？」

「そんなの……」

「どうせ、役になんか、立たねぇよ！」

急に怒鳴り声が遮《さえぎ》った。通路を挟んで向かい側のボックス席を一人で使っている、上原ヤマトだった。竹内本部長のはからいにより、今回、彼も同行することになったのだ。

「俺だって、わかってるんだよ」

僕たちと進んで打ち解けようとしないその態度、なにやら不穏《ふおん》である。

「学生のころから、親にも教師にも、『そんなの、なんの役にも立たない。それより勉強しろ』って言われてよ……俺だって、わかってるんだよ」

上原は舌打ちをし、前の席をガンと蹴飛ばした。トゲトゲしいネックレスに、ボロボロのジーンズ、彼が警視庁の鑑識官であるといって信じる人はまずいないだろう。

「じゃあ、どうしてヤマトさんは、円周率を覚えたんですか？」

浜村が聞いた。数学のことになると、不良にも臆《おく》することがない。

そんな彼女を睨むと、上原はまた舌打ちをし、すぐに目をそらした。

Σ

いきなり、僕たちは後ろ手にロープで縛られている。

ここは、津殿署から少し離れたコンビニエンスストアだ。目の前では、バンダナで顔を覆った三人の男たちが、「π」と書かれた麻袋にパンやおにぎり、お菓子類をつめこんでいる。白地のTシャツには、５ケタの数字。

間違いない。海賊である。

こんなに早く、彼らに遭遇《そうぐう》することになるなんて……。

僕の横では、同じく縛られた浜村と上原が、こそこそしゃべっていた。海賊たちが店に押し入ってきたとき、客は僕たち三人だけで、すぐに縛られてしまった。店員は小さな四十代女性で、こちらも縛られ、レジ台の奥に座らされている。

体勢を変えようとした浜村の体が棚に当たり、積んであった缶詰が落ちてガタッと音を立てた。

「何、やってるんだ！」

シャツに“41273”と書かれた海賊の一人が、銃口をこちらに向けた。縮み上がる浜村。

彼にそんなに殺気がないことを、僕は一瞬で見取った。たぶん、撃った経験はないのだろう。木製の部品を金具でつなぎ合わせた、少なくとも事件現場では見たことのない銃だ。海賊映画からそのまま飛び出した小道具のようだった。

「やめとけ」

大きなサーベルを腰にぶら下げた男が止めた。彼のシャツには“02491”と書かれている。一体、なんの数字なのだ？

“41273”は銃をベルトの鞘《さや》にしまいこみ、再び食料を麻袋に詰め込み始めた。焦《あせ》っているようだ。早めにこの店を立ち去りたいのだろう。

津殿署にいる大山や瀬島は、僕たちが帰ってこないことを不審に思ってはくれないだろうか？

　壁の時計を見るが、僕が署を出てからまだ十分そこらしか経っていない。十分先は闇。人生は、本当にわからない。僕たちにとっては急展開の十分間なのに、津殿署にいる彼らにとっては日常の十分間だ。それに、あの忙しさの中では誰も、僕たちのことなど気にしてくれないだろう。


　津殿署、「津殿島海賊事件捜査本部」。

　その狭い部屋の中は通信機器をはじめとする何かの機械でゴチャゴチャしており、警察関係者の他、海上保安庁、地元漁業組合、海運業者組合、通信技術者、さらには海賊研究者など、とにかくいろんな関係者が集まって、お祭りのような騒ぎだった。

「これが、海賊サークル員の名簿でして、消息不明なのは、二十人ほどおりました」

　僕たちが到着するなり、神奈川県警の刑事は、厚い資料を手渡してきた。今回の実行犯と目される安達宏典が所属していた海賊サークルの名簿であり、共に海賊行為をしている人物の目星をつける調査の情報元となっているものである。

「さらに、これが行方不明者名簿です。やはり、理系関係が多いですかね」

　今度は瀬島に、先ほどの二倍ほどの厚さの資料が手渡された。

「それから、こっちが津殿島の見取り図、かつてあった気象関係施設の見取り図、これまで国内で起きた海賊関係事件資料……」

あとからあとから資料が積まれていく。やることが、多そうだ。

気が滅入《めい》りそうになったとき、浜村と上原の姿が見えないことに、僕が気づいたのだ。

「浜村さんと、上原は？」

「ああ、さっき、コンビニに行くって出て行ったぜ」

すでに海賊関係資料を開いて読み始めている瀬島が乱暴に答えた。

コンビニ？

僕の中に、嫌な予感が沸きあがり、浜村たちの後を追いかけたのが、つい十分前の話だ。嫌な予感ほど、よく当たる。僕が彼らを追って店に入った直後、海賊たちが押し入ってきた。

“41273”の麻袋はいっぱいになってしまい、入りきらなかったカレーパンが転げ落ちてしまった。

「入らないです」

「ほっとけ」

「それ、おいしいですよ」

浜村が、海賊の会話にムリヤリ割り込んだ。今さっき銃口を向けられたのを、すっかり忘れたような態度に、僕だけではなく海賊たちも驚いたようだった。

「なんだ、お前？」

詰め寄る二人。

そんな威圧的な彼らに向かって彼女が言った言葉は、想像を絶するものだった。

「仲間に、して欲しいんです」

仲間？　何を言っているのだ？

「なんだと？」

「海賊の、仲間にしてください」

浜村は、とろんとした目でチラッと僕を見て、少し微笑《ほほえ》んだ。潜入捜査ということだろうか。ムチャなことを考える。

「アホ言うな、お前みたいなチビが役に立つか」

「あの人に、お願いします」

浜村は、店の奥のほうで黙々と飲料を詰めている男を、あごで指した。シャツの数字は“60726”だ。

「何？」

「だって、あの人が、あなた方三人の中では、一番偉いんでしょ？」

「な……」

二人は絶句した。図星らしい。

“60726”は、店に入ってきたときから一言もしゃべっていない。それなのにどうして浜村は、彼が一番偉いと判断したのだろうか？

「シャツの数字は、円周率ですよね？」

「……」

「小数点以下、２８６ケタ目から言うと、60726024914l273になります。つまり、41273より02491、02491より60726のほうが」

縛られてシャーペンを握れなくても、彼女の能力は変わらない。

「位《くらい》が上です」

海賊たちの表情が、サッと青くなった。彼女がタダモノではないことを悟ったに違いない。先ほど浜村と上原がこそこそしゃべっていた内容が、円周率のことだったのだと、僕はやっと気づき始めていた。

「連れてけ」

いつの間にか話を立ち聞きしていた“60726”がそう言ったので、僕たちは縛られたまま立たされ、津殿島に連れていかれることになった。

日は、すでに傾きかけていた。

Σ

天然パーマの髪の毛をだらりと伸ばした、横に広い顔。黄色い歯を見せて、がははと豪快に笑うその男は、すでに酔っ払っているようだった。

印象はだいぶ違うが、安達宏典に違いない。

彼の黒いチョッキの下に覗く汚れたシャツには、“3.”と書かれていた。円周率の一番上、“3.14”の“3.”ということだろう。

その証拠に、傍《かたわ》らの木箱に長い足を組んで腰掛けている髪の長い女性のシャツには“14159”と書かれている。彼女は先ほどから、一本の針をつまみ上げては、テーブルの上に平行に引かれた数本の直線めがけて落とす、という退屈な作業を続けていた。

その横では、スキンヘッドで筋肉質の男が、浜村渚の小さな肩掛けカバンの中から見つけ出したさくらんぼノートをパラパラとめくっている。シャツの数字は“26535”だ。

二人とも、海賊集団の中でも最上のほうの位らしい。海賊サークルの後輩たちだろう。

彼らは、放棄された民家の一階をぶち抜いて大きな部屋にしてリーダーの家としており、目下のところ、酒盛りを開いていたようだ。

「何が、書いてある？」

「この数式は……」

スキンヘッドの“26535”はそう言ったっきり黙ってしまった。

「カルダノの公式です」

浜村は恐る恐る答えた。安達の顔色が変わった。

「見せてみろ！」

酒瓶をガツンと置き、ノートを横取りする。その荒々しさは、やはり海賊と言って差し支えない。

「お前、何者だ？」

彼はしばらくノートを見たあとで、そう聞いてきた。

「浜村渚、千葉市立麻砂《ますな》第二中学校の二年生です。海賊に入れてもらいたいと思います」

ぺこりと頭を下げる浜村。僕と上原も、それをマネした。"26535"の腰に、むき出しの鋭いサーベルがギラリと光っている。津殿島を根城《ねじろ》にする海賊の中枢たちを前にして、もう、引き下がれない。

「俺たちの目標を、知っているのか?」

「あ……わからないですけど」

正直な答えに、"14159"の女がくすりと笑う。その手から針が落ち、テーブルに書かれた平行線の一つに交わった。

「俺のことは、キャプテン・ルドルフと呼べ。海賊団のリーダーだ」

安達は浜村に向かって言った。

「それは、なんとなくわかります」

「俺たちは、黒い三角定規の数学の国建設を、この島から始めることにした。近々、この島を拠点に、海沿いの町を襲い、われわれの支配下に置く」

不穏な計画だ。しかし、武器を大量に用意しているところから見ても、本気らしい。

「全国に潜《ひそ》む同志たちを鼓舞《こぶ》するためにも、この計画を成功させる必要があるのだ！」

木箱にガツンと片足を置き、剣を高々と掲げるキャプテン・ルドルフ。酒臭さが、潮の臭いと混じる。この男、完全に自分に酔っている。

「それは、すばらしいです」

浜村渚は調子を合わせた。

「高等な数学教育。黒い三角定規の崇高な目標に、お前も同調するというのか？」

「はい」

「ならば、入団試験だ」

どすんと腰を下ろす。挑戦的な目つき。“14159”も“26535”も、目の前に突如現れた女子中学生の能力に興味深げだ。浜村は、いつでもどうぞ、というように微笑んだ。

カプリと、酒瓶の中のアルコールを一口飲むと、ルドルフは目を細めた。

「円周率が、3.05より大きい数であることを、証明せよ」

「3.05ですか」

腕を組む浜村渚。楽しそうだ。

僕と上原は顔を見合わせた。東海道線の車内で、浜村が言っていたことを思い出そうとした……が、一度聞いただけで、思い出せるものではない。答えられなかったら、どうなるのだろう？

「オイラー先生の力を借りてもいいですか？」

浜村は図形の一つも書かず、いきなり言った。

「何？」

「バーゼル問題の解を使ってもいいですか？　ということです」

“14159”と“26535”がそろって首を捻る。ルドルフは驚いたように目をみはり、ゴホッと一つ、咳をした。

「バーゼル問題を知っているのか？」

「はい」

「証明できるか？」

「できる、と、思いますけど」

ルドルフは何かを考えながら、太い指で頬のあたりをぼりぼりと掻《か》いた。そして、剣をつかむと、皿の上にあったチキンをグサッと突き刺し、浜村の顔の前につき出した。

「もういい」

「なんですか？」

「合格だ」

浜村はにっこり笑って、チキンをぱくっとくわえた。

$\sqrt{9}$　海賊の生活

「海は恐ろしい。さっきまで穏やかに凪《な》いでいたかと思えば、すぐに嵐になって、我々を飲み込んでしまう。果てしなく広く、何が隠れているのか、本当にそれを見つけられるのか、それすらわからない。それなのに、我々はなぜ、海に出るのか？」

〝50288〟のシャツを着たやせた男は、教壇の上で演説のような口上を始めた。僕たちの周りには、同じく5ケタの数字が書かれたシャツを着た老若男女《ろうにゃくなんにょ》がひしめき合っている。僕の数字は〝46951〟で、386ケタ目から5ケタの数字であることが上原により明らかにされた。しかし、こんなに数字が多いと、見ているだけで気が滅入る。どうして、一人5ケタなのだろう？

「それは、そこでしか経験できないものがあるからだ」

“50288”は一瞬タメたあと、ギョロッとした目を輝かせた。

「数学も同じである。われわれは、今、海に出る。人類を魅了して止まない、数の海へ！」

この数学海賊の午前は、数学の授業から始まるようだ。さすが黒い三角定規、テロ行為ばかりをやっているわけではない。

そこからの数時間は、僕にとって苦痛でしかなかった。“50288”は楕円についての講義をしたのだが、シグマを含むよくわからない数式が飛び出し、まるで外国語を聞いているようだった。やっぱり、数学は難しい……。

浜村渚は喜んでこの授業を聞いていたかと言えば、そうではなく、ずっと憂鬱《ゆううつ》そうにうつむいていた。シャツの数字は“16094”、396ケタ目から400ケタ目で、目下のところ、この島で一番下の位らしい。

「昨日、この島に着いたときにはありましたっけ？」

彼女は小声で僕に聞いてきた。

「さあ、覚えてないな」

なぜ浜村が落ち込んでいるのかというと、あの、トレードマークのピンクのシャーペンを失《な》くしてしまったからだった。どこで失くしたのか、見当がつかないという。

海賊団から配布された白いシャーペンでは、やる気がおきないようだった。

「あれ、セチから誕生日にもらった、宝物なんですよ。ショック大きいなぁ」

「セチ？」

「あ、私の大事な友達です」

友達からのプレゼント。中学生の女の子にとっては、本当に大事なものなのだろう。今まであのシャーペンが解決してきた事件のことを考えると、僕にとっても大きな喪失のような気がする。

それにしても、気になるのは……。

「セチって、男の子？」

「違いますよ、女です。長谷川《はせがわ》千夏《ちなつ》っていうんです。略して、セチ」

僕は、何を気にしているのだろう？

少し恥ずかしくなって、逆の隣の上原ヤマトの横顔に目を移す。円周率を十万ケタ覚えていると言っても数学はそんなに得意ではないらしい。僕と同じで何もわかっていないだろうが、鋭い目を細めて黒板を睨みつけている。本来、警視庁の鑑識官である彼が、浜村の思いつきに巻き込まれてこんなところに連れてこられてしまうなんて……一番の被害者は彼かもしれない。

「本日の授業はここまでとする。昼食後、戦闘訓練！」

“50288”は目をギョロッと光らせ、授業を締めくくった。

昼食後の戦闘訓練はおのおのの持ち場に分かれて行われた。僕と浜村の配属先は「銃部隊」だ。工学部出身の技術者が海賊の様式にこだわって開発したという例の木製の銃は意外と重く、照準を定めるのに苦労した。

ズドン！

それでも僕は警察学校で銃の撃《う》ち方を習っていたことがあるため、十数メートル先の的に当てることが出来た。おおーっと唸《うな》る、周りの先輩海賊たち。……初めから命中させたら、怪しまれるだろうか？

ズドン！

唐突《とうとつ》に、今僕が当てたばかりの的が、再び木《き》屑《くず》を飛び散らせた。

「うわ、失敗だ」

隣で、浜村が撃ったのだった。彼女の的は隣である。数学能力は、銃の腕前には影響しないようだ。

「“16094”！　なぜ、言われた通りにやらないんだ！」

教官役の海賊が怒鳴りつける。声が太く、男勝《まさ》りという表現がピッタリ当てはまる、恰幅《かっぷく》のいい女性だ。銃の腕前も大したものだった。

「すみません。でも、こういうの、苦手なんです。なんとか、戦わなくてもいい部隊に配属してもらえませんか？」

「我々は海賊だぞ？　戦わずして、町を乗っ取れるか！　すべては、美しい数学の国の建設のためだ」

「はい」

いつになく、元気がない。やっぱり、シャーペンを失くしたのが響いているようだ。

「あの、あまり怒らないでもらえますか？」

僕は、思わず割り込んだ。彼女は僕のほうをギロリと睨むと、

「貴様《きさま》、私に指図するのか？」

と詰め寄ってきた。

この海賊の掟《おきて》は、上下関係に厳しい。自分より上の位に逆らうことは許されないのだ。彼女のシャツの数字“83279”が何ケタ目なのか知らないが、僕より上であることは確かだ。僕より下の位は、上原ヤマトと浜村渚しかいない。

海賊に逆らうと、どうなってしまうか……僕たちはそれを、すぐ目《ま》の当たりにする

ことになる。

「どけ、どけ！」

荒々しい声がして、居合わせた海賊たちが道を開けた。キャプテン・ルドルフが、一人の男の髪の毛を右手で摑《つか》んで引っ張ってくるところだった。“01133”という数字だった。

ただならぬ雰囲気。彼の左手には酒瓶が握られており、昼間から酔っ払っているようだ。

ルドルフの後ろからは、昨日見た、いかついスキンヘッドの“26535”がついてきた。

銃の練習用の的の合間に生えていた一本の木に、ルドルフがズシーンと“01133”を押さえつけると、“26535”はその体をロープで木に縛り付けた。

「この男は、食料庫からパンを盗もうとした！」

地面が震えるのではないかというような大きなダミ声に、居合わせた誰もが震えあがる。海賊のキャプテンと呼ぶにふさわしい、威圧感のある怒号だ。縛り付けられた男は哀れにも、泣きそうな顔をしていた。

「海の掟では、限られた食料を勝手に盗むことは死に値する悪事である。よって、この男を、処刑する」

処刑？ そんな。

ざわめきが立ち込める。見守る手下たちの間にも、それは厳しすぎるのでは？ という気持ちが充満したようだ。

ルドルフは、そんなことを気にも留めず、ザクザクと足音を立てて木から離れ、腰につけていた銃を抜き取った。古い型をまねて作ったものとは言え、殺傷《さつしよう》力《りよく》は確かだ。

「やめてください」

キャプテン・ルドルフの殺気に誰もがおびえる中、一つの声が彼の手を止めた。決して取り乱した様子もなく、どちらかと言えば落ち着いて聞こえる声だ。

声の主は、おなじみ、浜村渚だった。

抜けるような晴天の下、ルドルフは酔いが回って充血した目を、ギロリと彼女に向けた。右手には、弾のこもった銃が握られたままだ。

「お前か」

「あの人を殺したら、途切れちゃいますよ」

浜村渚は人差し指を立てて、そう言った。彼女が数学の話をする時の態度だ。

「途切れる？」

「円周率は、永遠に続く数です。"01133"って、何ケタ目の数字か知らないけど、そこで途切れたら円周率じゃなくなっちゃう。名誉ある数学海賊団が、そんなことしちゃ、ダメです」

本当に、僕には理解できないほどの勇気だ。これが、数学への誠実さということなのだろうか。

ルドルフは少し考えたあと、黄色い歯を見せて残忍な笑顔を作った。そして、縛られた"01133"のもとに近づくと、ポケットから何かを取り出し、彼の頭に載せた。へたの近くが青い、不味《まず》そうなリンゴだった。

「下のほうの位が5ケタなくなったところで、誰も気にはせん」

ルドルフはそうつぶやくと、浜村に向かって銃を放り投げた。

「しかしそれでも、こんな微小な数字が大事だと言うならば、お前が救ってみろ」

「なんですか？」

「あのリンゴをお前が撃ち抜けたら、あいつの命を助けてやる」

「ええっ？」

中学生に銃を撃たせるばかりか、生きている人間の頭の上のリンゴを撃ち抜けだなんて。こんな恐ろしいことを実際にする人間がいるのか……キャプテン・ルドルフは、自分の残酷さに酔うようにがははっと笑うと、左手に持った酒瓶の中身を、ゴクゴクと喉に流し込んだ。

浜村は、自分の手の中の銃をしばらく不安げに眺《なが》めていた。彼女の銃の腕前がヘタクソなことは、その場にいる誰もが、さっき見たとおりだ。下手すれば彼女は、殺人を犯してしまうかもしれない。

青い空と、長い沈黙。相模湾の波の音だけが響いている。

海賊の残忍さの前に、数学への誠実さは崩れてしまうか?

浜村渚の若い脳は少しの間、ためらった。

しかしそれでも彼女は意を決し、手を震わせながら、銃口を“01133”に向けた。

Σ

「キャプテンのことを、よく思っていないヤツは、結構いるみたいです」

上原ヤマトは声を潜めて、僕たちに報告してきた。島の裏手の高台で、相模湾の外に広がる太平洋に臨む崖《がけ》になっている。少し広場になっており、中央に立てられたポールには、黒い三角定規のシンボルマークの旗と、額に「π」と書かれた水色のドクロの旗がたなびいている。あたりはすでに薄暗く、僕たち三人のほかに人影はない。

「106ケタから下のヤツラは、ほとんどキャプテンのことを嫌っています」

上原は僕たちとは違って、剣部隊に配属になり、そこで情報を集めてきたのだ。こう見えて、なかなか行動力がある。次第に彼が頼もしく思えてきた。

「じゃあ、どうして彼らは、海賊団なんかに参加したんだ？」

「数学教育の現状を批判して黒い三角定規に身を投じたはいいけど、そのあと、海賊団に勝手に配属されて、ムリヤリこの島に連れてこられたようです」

そうだったのか……となれば、思っていたより結束力はないのかもしれない。

「当初思っていた活動とのギャップに、みんな戸惑っています。けど、キャプテンに逆らうと、殺《や》られちまうから……」

海賊サークルの数人を除けば、彼らはムリヤリやらされているだけなのだった。

「殺された人、今まで、いるんですか？」

浜村渚は不安げな目を、上原に向けた。やはり、円周率が途切れるのを心配しているのだろうか？

「それはいないらしい」

「そうなんですか。よかった。さっきの人も、武藤さんが救ってくれましたしね」

浜村は僕に向かって、微笑んだ。

先ほどの処刑騒動、彼女が撃つ前に、僕の銃口が火を吹いた。少しは緊張したが、僕の弾丸は“01133”の頭上のリンゴを木っ端微塵《こっぱみじん》にし、彼の頭は無傷だった。自分で言うのもなんだが、見事な当たり所だったと思う。回りから、思わず拍手が出たほどだった。

キャプテン・ルドルフは、僕の顔をギロリと睨むと忌々《いまいま》しげに舌打ちをした。それでも自分で言った手前、彼を助けないわけにもいかず、スキンヘッドの“26535”とともにその場をあとにしたのだった。

目をつけられてしまったに違いない。

「でも、ってことは、この島には今、キャプテン・ルドルフを除いて80人いることになりますね」

僕の心配事など気にも留めず、浜村は夕闇にまぎれる水平線を見つめながら言った。

「え？」

「だってそうでしょ？　一番下の私が、小数点以下396ケタ目から400ケタ目です。一人あたり5ケタの数だから、400÷5で80人です」

そう言えばそうだ。単純な計算だった。

「武藤さん、上の数人を除いてここの生活を抜け出したいと思っているんなら、反乱を起こさせることはできないっすかね？」

上原はケンカをするような目つきで僕を見つめた。尾財拓弥の血を引く鑑識課23班、やっぱり、過激なことを思いつく。

「反乱って……だいたい、上位のオリジナルの海賊サークルメンバーが何人いるかも、わからないし。彼らはきっとルドルフを裏切らないだろう？」

「候補は、何人くらいすか？」

「津殿署で見た名簿の中からは、二十人くらいが行方知れずだって、県警の人が言っていたけど」

もし、オリジナルの海賊サークル員の二十人全員がこの海賊団に参加しているとなれば、裏切ってくれる者はそんなに多くないだろう。一体何人くらいがルドルフに従うのか。

その時、浜村がくすくす笑い出した。潮風に吹かれながら、左手で前髪をいじっている。

「そんなに、いないですよ」

自信ありげな声。まさか、もう何か気づいているのか?

「ズバリ、7人です」

息を呑む、僕と上原。

「ど、どうして?」

「さっき、“01133”さんが処刑されそうになったとき、ハッキリわかりました。キャプテン・ルドルフは、下のほうの位はどうでもいいって思っています」

まったく、わからない……。

「実は私、シャツに書かれた数字が5ケタだって聞いたときから、うすうす気づいてたんですよ。いくら円周率が永遠に続く数だって、一人に5ケタを割り振るなんて多すぎると思いません?ヤマトさんじゃないんだから、いちいち、覚えられません」

浜村は、自分のシャツの裾《すそ》の部分を引っ張り、“16094”を見せた。そりゃそうだ。自分の数字だって、シャツを見ないとわからない。

「キャプテンは、オリジナルメンバーとそうじゃないメンバーを区別しようとして、一人5ケタにしたんです。覚えていますか、電車の中で話した、ルドルフ・ファン・

ケーレンさんの話」

「ああ、円に内接する正多角形から、円周率を求めた人」

「はい。キャプテンがルドルフ・ファン・ケーレンさんを意識して『ルドルフ』と名乗っているのは明らかです。で、ルドルフ・ファン・ケーレンさんが一生かかって求めた円周率は、小数点以下、35ケタ目まで……『ルドルフの数』です」

なるほど、そういうことか。

「海賊団を結成したとき、集まった海賊サークルのメンバーに35ケタを割り振ろうとして、シャツの数を一人5ケタにしたんですよ。35÷7は5ですからね」

「……ってことは、オリジナルメンバー以外で一番位が高いのは、8人目、36ケタ目から40ケタ目のシャツを着ている人？」

「そう、思います」

もう、彼女の表情を確認することが出来ないくらい、あたりは暗くなっている。

「そこで、ヤマトさんに聞きたいんですが、36ケタ目から、40ケタ目の数字って……」

「41971」

もちろん、即答だった。

「その数字の人がもし、キャプテンのことを不満に思っているのだったら、新しいリーダーに立てて、キャプテンたちを追い詰めることができるかも知れません」

どうやら浜村も、上原の反乱のアイデアに乗る気らしかった。そんなこと、可能だろうか。

「ヤマトさん」

「ん?」

「役に立ってますね、円周率」

「…………」

上原の表情は闇にまぎれて確認できない。しかしその沈黙から、彼の、恥ずかしさと誇らしさが入り混じった感情が伝わってきた。

「もう、役に立たないなんて、言わないでくださいね」

「おう」

上原は、波の音に消されそうなくらい小さな声で、それだけ言った。

√16　黒ヒゲ先生

41971。

一生懸命頭に叩き込んだその数字が書かれたシャツの人間を、僕たちは次の日朝早くから、探し始めた。いろいろ見た結果、上位7人は見当がついたが、8人目の“41971”は見つからなかった。上位7人とは、ルドルフの傍にいる女性とスキンヘッド、食料庫の番人、剣術・銃のそれぞれの教官、そして二人の数学講師である。確かに、いずれも海賊らしい言動をする男女だった。

午前中の数学の授業中も、僕と浜村と上原の三人は教室に指定されているかつての気象観測用施設の部屋の三方に散らばり、壇上の“50288”の目を盗みながら、それとなく周囲の人々のシャツをチェックした。どこにも“41971”はいなかった。

昼休み。上原は剣部隊で知り合った連中に話を聞いてくるといって、外へ出て行った。

どちらかというと人見知りをする僕と浜村は、人探しも休憩することにしてそのまま教室に残り、与えられたパンの袋を開けた。

「おう、お前ら」

聞き覚えのある声がしたので顔を上げると、そこには、“41273”がいた。僕たちをコンビニで縛りつけ、この島につれてきた三人のうちの一人だ。

「ああ、どうも」

「昨日、やらかしたらしいな。ウワサになってるぞ」

処刑騒動のことだろう。僕は愛想《あいそ》笑《わら》いをした。

“41273”は僕たちの前に腰掛け、カレーパンの袋を開けた。

「ところで聞きたかったんだけど、お前、どうして仲間になりたいと思ったんだ？」

どうやら、浜村渚に興味があるようだ。浜村は自分のジャムパンをちぎりながら、“41273”を見返した。

「数学が、好きだからです」

迷いのない答えだった。しかし、彼女の口からあらためてこういうストレートな言葉が飛び出ると、ドキッとする。

「そうか」

「“41273”さんは？」

「ああ、オレは……数学っていうより、工学出身なんだけど」

「工学ですか」

「だから、物理に関係ない数学みたいなのは、あんまり興味なかったんだ」

カレーパンを口に放り込む“41273”。

「だけど、この島に来て、ある授業を受けてから、数学にも興味を持てるようになったかな」

「へぇー、どんな授業ですか？」

「数論だった。先生の話が面白いんだ。あご中にひげを生やした講師で、みんな『黒ヒゲ先生』って呼んで、親しみを持っていたけどな」

「今の先生と違うんですか？」

「黒ヒゲ先生、お前たちがこの島に来る少し前に、キャプテン・ルドルフと円周率のことで口論になって……」

彼の顔がだんだん曇っていった。ルドルフの威圧感に満ちた表情が、僕の頭の中に蘇《よみがえ》る。

「どうなったんですか？」

浜村はジャムパンを食べる手を止め、恐る恐る聞いた。

「わからない」

「わからない?」

「ウワサでは、地下牢に閉じ込められているらしい」

「地下牢……」

この島にはそんなものまで作られているのか。

それにしても、キャプテン・ルドルフと口論だなんて、勇気がある。ひょっとして……。

「その人の、シャツの数字、覚えています?」

「黒ヒゲ先生か? 全部は覚えてないな、オレと同じ、41で始まったと思うけど」

僕は口を挟んだ。

“41971”の可能性が高い。だとしたら、地下牢を探さないと。

「そういえば」

浜村だ。また、何かに気づいたのだろうか。

「おととい、私たちを連れてきた船って、どこに泊めてあるんですか?」

「裏の港に」

僕のほうをチラッと見る浜村。ついて来い、という合図のようだった。

僕たちはそれからほどなくして、期待の黒ヒゲ先生に出会うことになるのだが、それにはちょっとした痛みがともなった。

Σ

ドスン！

スキンヘッドの“26535”が、僕と浜村を乱暴にその部屋に放り込む。湿ったコンクリートの、暗くて狭い部屋。地下牢である。

「いったーい！」

浜村が腰のあたりを押さえると同時に、ガシャンと暴力的な音がして、檻《おり》の錠前に鍵がかけられた。

「処分は、追って伝える！」

怒気のこもった声で言い放つと、“26535”は立ち去っていった。檻の外には、これまた怒ったような顔つきの牢番が一人。“26535”よりもさらにガッシリした体で、力も強そうだ。シャツの数字は“20899”で、何ケタ目かはもちろんわからないが、オリジナルメンバーではないはずだ。

僕たちがここへ放り込まれたのは、「本土の人間関係を断ち切っていない」という理由だった。

浜村が僕を船へと誘ったのはルドルフを追い詰める作戦のためなんかではなく、あの、シャーペンを探すためだったのだ。島で落としたのではないのだとしたら船の中に違いないと、ガンとして聞かないので、一緒に船の中を捜索してあげた。

あのシャーペンが彼女にとって大事なものなのは、僕だってよくわかっている。だけど、こんなところを海賊に見つかったら……そういう嫌な予感こそ、当たるのだ。

たまたま通りがかったスキンヘッドの“26535”が、船が異様に揺れているのを不審に思い、中を覗き、僕たちは見つかってしまったのだ。

何をやっていたのかと問いただされた浜村は一部始終を話し、

「友達からもらった、大事なシャーペンなんですよ」

と言った。これが、いけなかったらしい。

「本土の家族、友人のことは全て忘れろ。我々は、美しい数学のための国を作るのだ」

「でも……」

ただでさえ、処刑騒動で目をつけられている僕たちの口答えが気に入らなかったのだろう。“26535”はユデダコのように真っ赤になり、僕たちの襟首を摑むと、この地下牢へと引っ張ってきたのだ。数学国家建設を夢見ているとは思えないほどの、強い腕っぷしだった。

「だいじょうぶかい？」

細い、老いた声が、暗い奥のほうから聞こえてきた。

目を凝らしてみると、壁にもたれてあぐらをかいている人影があった。男だ。老いた声だというのは弱々しかったからで、実際、そんな年齢ではなさそうだ。

「あっ！」

浜村が彼を見て大声を出したので、牢番がジロッとこちらを睨みつけた。

「す、すみません、なんでもありません」

ごまかし笑いを顔に浮かべると、浜村は僕のほうにずりずりと這《は》い寄ってきて、小さな声で耳打ちした。

「武藤さん、見てください。あの人のシャツ」

目を細めて、言われるがままにその男のシャツを見る。“41971”。間違いない。8人目の男だ。

監禁生活が長いのだろう、すっかりやつれ果てた顔だが、口回りには黒いひげがもじゃもじゃと生えている。

「黒ヒゲ先生ですか？」

僕が尋ねると、彼は力なく笑った。だいぶ目が慣れてきた。

「あの」

と言いかけて、まずい、と思い直し、後ろを振り返る。いかつい顔の牢番が、僕たちの一挙一動を見張っている。この状況下で反乱の話などできるはずがない。それに、ここから逃げ出すことも不可能だ。

せっかく、黒ヒゲ先生に会えたのに。

「武藤さん、シャーペン貸してください」

浜村がいつの間にか、さくらんぼの表紙のノートを取り出していた。自分に支給されたシャーペンはどこかに置いてきたようだ。僕はポケットから、白いシャーペンを取り出して、彼女に渡す。

「これ、書きにくい」

文句を言いながらも、彼女はノートの新しいページに、〝f(x)＝〟で始まる一つの数式を書いた。

「見て欲しいんですよ、これ」

と言って、黒ヒゲ先生にノートを見せる。とたんに、牢番が立ち上がり、疑いの顔つきで覗き込んできた。

「何をやっている？」

「数学の話ですけど、ダメですか？」

浜村は、待ってましたとばかりに、くるっとノートを回して牢番に提示した。

牢番を任されているとは言え黒い三角定規に加担している身、数学の知識はあるのだろうからその数式に興味を持つだろう……と思いきや、彼は難しい顔をして、好きにしろ、というように手を振った。

「ありがとうございます」

浜村は嬉しそうに黒ヒゲ先生の傍らに戻ると、数式の下に何かを書いた。この状況下で、何をしようとしているのか。本当にいつでも、数学のことばかりだ。

「この数式を微分《びぶん》すると、こうなるじゃないですか」

微分か。どうせ僕のわからない話だろう。そう思いながら彼女の手元を見て、ビクッとした。

――私たちは、先生の助けを借りたいんです。

僕はとっさに、牢番の顔を盗み見た。さきほどの数式を見て、すっかり浜村が数学の話を始めていると信じきっている。次に黒ヒゲ先生の顔を見る。ポーカーフェイス。

「この先、どうしたら、うまく整理できますか?」

黒ヒゲ先生はおもむろに、浜村の手からシャーペンを受け取ると、

「ここの係数に着目して、ここを、こう、分解する」

と言いながら、

――詳しく話を聞かせてくれないか?

どうやら、一瞬で状況を飲み込んだようだ。

シャーペンを受け取る浜村。

「それなら、ここは、こうですか? でも、これだとおかしくないですか? 項が一つ、余っちゃう」

――キャプテン・ルドルフと『ルドルフの数』の7人をおいつめようと思うんです。ここにいる武藤さんは、警察の人です。

……「ケイサツ」という漢字を間違えてはいるものの、浜村渚は、口では数式をいじくり回すような会話をしながら、手元では牢番に知られないように反乱の計画につ

いて語りだした。黒ヒゲ先生も同じようにそれに合わせている。恐るべし、数学好きたちの能力。恐るべし、浜村渚の計算ノート。

僕はすっかり取り残されながら、その様子をじっと見守っていた。

Σ

黒ヒゲ先生は、黒い三角定規のテロ声明が行われる以前は高校の数学教師をしていたらしい。数学教育のあり方に疑問を抱いて黒い三角定規に加担し、この海賊団の数学授業担当として、ルドルフの数に次ぐ小数点以下36ケタ目から40ケタ目の数字を与えられた。

彼もはじめは、この組織に協力的だった。授業をすれば海賊の生徒たちは喜んでくれ、「黒ヒゲ先生」と慕《した》ってくれた。日本の教育界から数学が消えた今、海賊相手とは言え、教壇に立って数学を教えられるのは、元教師としては至上の喜びだ。……そう思っていた。

しかし次第に、キャプテン・ルドルフのやり方に対する疑問がわき上がってきたのだという。美しい数学の国の建設と言いながら、銃や剣の練習など、やっていることはテロ組織の育成である。それに加えルドルフは、数字を通じて他人を支配しようとしている。……数学を愛し、その面白さを教えてきた黒ヒゲ先生にとって、それは許せないことであった。

——わかります、先生。

話がこの段階になったとき、浜村渚もノートにそう書いて同意した。

キャプテン・ルドルフと黒ヒゲ先生の仲は次第に険悪になり……ある日、円周率の有用性についての口論をきっかけに、完全に「反逆者」扱いされた先生は、牢に放り込まれてしまったのだ。

——先生がリーダーになれば、反乱だって起こせます。相手は、キャプテン・ルドルフを合わせて、たったの8人ですよ。

浜村渚のこの提案に、彼も同調するだろうと思った。しかし予想に反して、黒ヒゲ先生の反応は薄かった。

——私が上に立っても、やることは変わらない。

——そんなことないと思います。助けてください。

——私は、人の上に立つことを好まない。

さくらんぼノートを通じて、浜村の説得は続く。しかし、黒ヒゲ先生も頑固《がんこ》だ。

そのとき、ガツッ、ガツッと、暴力的な足音が聞こえてきた。牢番が慌《あわ》てて立ち上がり、その男を迎える。

泥だらけのブーツ。カチャカチャと擦《す》れあうサーベルと銃。長く伸ばした髪に黄色い歯。横に広い顔は酔気だけではなく、憤《いきどお》りに満ちている。……荒々しき海の男、キャプテン・ルドルフだ。

浜村は慌てて、さくらんぼのノートを閉じ、自分の下に隠した。

ルドルフは牢の前まで来ると僕たちを覗き込み、大声で怒鳴った。

「“46951”！　こっちへ来い！」

その数字は……僕のシャツに書かれている数字だった。

恐る恐る歩み寄ると、ガチャンと錠前が開けられ、キャプテン・ルドルフは、右足を牢内に入れた。

とたんに、痛みが僕の頭部を襲った。ルドルフが、僕の髪を摑んでいる。すごい力だ。僕は一言も発することができず、グイッと牢の外へ引っ張り出された。

「お前！　私の目がフシアナだと思ったか？」

痛い。一体、何を言っているのか？

「津殿署に潜伏している、黒い三角定規同志からの連絡があった。東京から来ている警視庁の刑事が一人、行方不明らしいな！」

僕の背中に、冷や汗が噴き出た。まさか署内に、彼らのスパイがいたなんて。

「同志からその写真も送られてきた。この顔だ！」

ルドルフが僕に突きつけたその写真……僕の顔だった。もう、言い逃れは出来ない。観念するしかないのか。

「われわれはこれまで、甘すぎたようだ」

「その人を、どうするつもりだ？」

牢の中から、黒ヒゲ先生が聞いた。

「処刑する！　今回は、本気だ」

そう言って僕の髪を引っ張りあげるキャプテン・ルドルフ。壁に僕をズシンと押し付けると、がははははっと残忍に笑った。

さらにそのままの体勢で、充血した目をギロリと牢の中に向けると、

「なお、こいつと共に島にやってきた二人の処分は、後々伝える！」

こう叫び、再び高らかに笑い始めた。

「あまり、楽観視はできないがな」

自分の命が危険にさらされている中で、浜村渚の不安な顔が小さく見えた。

$\sqrt{25}$　π《パイ》レーツ・オブ・サガミワン

僕の前には、紺碧《こんぺき》の海が、水平線まで広がっている。青い空と青い海に包まれ……爽快な気分ではない。

なぜなら、僕は今、崖から突き出た細い板の上に、胴を両手ごとぐるぐる縛られたまま立たされているからだ。足の下は三十メートルほど空気だ。そしてその最下では、白い波が切り立った崖にぶつかり、殺気だった泡を生みつづけている。ここから落ちること、それは即、死を意味している。これが、海賊式の処刑方法だというのか。

崖には、僕を処刑すべく、キャプテン・ルドルフと海賊たちが押し寄せ、残忍な笑顔を並べていた。3.14159265358979323846264338327950288——円周率の小数点以下35ケタ、「ルドルフの数」が出揃っている。

さらに、その後ろには大勢の海賊たち。彼らがルドルフに反感を抱いているとしても、この状況で異を唱える勇気のあるものはいないだろう。

ただでさえ体を縛られている上、多勢《たぜい》に無勢《ぶぜい》、逃げ出せるわけがない。僕は、ここで、死んでしまう。テロ組織「黒い三角定規」に潜入して殉職《じゅんしょく》したバカな刑事として、武藤龍之介《りゅうのすけ》の名を覚えていてくれる人が、何人いるだろうか？

僕の目の先で、キャプテン・ルドルフは酒瓶の中の茶色いアルコールをごくりとうまそうに飲むと、満足げに舌なめずりをし、傍らの“26535”を見た。

「やれ」

スキンヘッドの“26535”は頷くと、腰からサーベルを抜き出し、僕のほうに向けてきた。ギラリと光る刃が、僕の体に巻きつけられているロープをツンと押す。

僕の体はまた数センチ、海のほうへ動いた。ぎしっ。僕の体を支えている板が、心細いきしみ音を立てる。

ルドルフと海賊サークルのメンバーの後ろで見守っている下っ端海賊たちの間から、恐怖のざわめきが漏れた。その中で、髪の長い女性“14159”が、場違いにくすくす笑っている。教壇に立って数学を教えていた“50288”も笑っている。

……狂っている。やはり、このテロ組織は、狂っている。

「うわあああぁっ！」

僕の体の中から、我慢しきれなくなった恐怖が爆発した。青い空と、青い海。大勢の人間に囲まれながら、僕の味方は一人もいない。今さらながらに、この状況が怖い。

そんな僕のパニックを見て、ルドルフが甲高《かんだか》く笑った。

やるなら、早くやってくれ。僕の体を、その鋭いサーベルで突き回し、相模湾の白い波の中に、突き落としてくれ！

「待ちなさい！」

そのとき、群集の後ろから、男の声がした。振り返る一同。

「……先生……」

誰かが言った。ルドルフの顔色が変わる。

「……黒ヒゲ先生」

「先生！　黒ヒゲ先生！」

下っ端海賊たちが騒ぎ出す。“26535”は僕をサーベルで突き回すのをやめ、ぽかんと口を開け、不思議そうな表情だ。他の海賊メンバーたちも、突如登場した黒ヒゲ先生をじっと眺めていた。

しかし、僕の目は、彼を見ていなかった。僕の目が捕えていたのは、黒ヒゲ先生の後ろで、あのいかつい牢番に肩車されて恥ずかしそうに運ばれてくる浜村渚である。

「お前……！」

キャプテン・ルドルフは今にも斬りつけそうな勢いで、黒ヒゲ先生の前に立ちはだかった。

「なぜ、牢から出られた？」

牢番の顔はすましている。彼も黒ヒゲ先生の味方のようだ。

しかしあれだけ、反乱軍の頭目になることを固辞《こじ》していた先生が、どうして首を縦に振ったのか……浜村渚は、どうやって先生をその気にさせたのだろうか？

「また、私とやり合うつもりか？」

ルドルフは剣を抜いて、黒ヒゲ先生を睨みつけた。先生は、その顔を見つめ、少しだけ沈黙したあと、口を開いた。

「１６２１年、ルドルフ・ファン・ケーレン、35ケタ」

「何？」

「１７０６年、アブラハム・シャープ、71ケタ。同年、ジョン・マチン、１００ケタ」

ルドルフの顔が歪《ゆが》んでいく。

「１８４４年、ストラスニツキー、２００ケタ」

黒ヒゲ先生は、円周率のケタ数が求められてきた歴史を羅列しているらしい。

「1949年、ジョージ・リトワイズナー、2037ケタ。1973年、ギュー・ブーエ組、100万ケタ。1981年、三好・金田組、200万ケタ……」

「うるさい、うるさい！　それがどうした！」

「われわれ人類は、円周率をより正確に求めようと競争を続けてきた。記録を更新した人間は尊敬され、それを超えるためにさらに別の者が努力を重ね……その競争は今なお続けられている」

剣を振り回すキャプテン・ルドルフなど何も怖くないというように、黒ヒゲ先生は静かに前に出てきた。海賊たちはすでに、彼の講義に惹《ひ》きこまれている。

「円周率は、ケタが下になればなるほど、正確だ。下になるほど、尊敬されるべきなのは、自明である」

「なんだと？」

ざわざわと、海賊たちの間でどよめきが生まれる。ケタが下の方が、尊敬されるべき？

「現在、この島で、最もケタが下なのは……」

黒ヒゲ先生は、ある一点を、ビシッと指した。一同の目が、その先に注がれる。

その数字こそ、小数点以下396ケタから400ケタ、“16094”……浜村渚のシャツに書かれている数字だった。指差された本人は、恥ずかしそうに左手で前髪をいじくっている。

おおーっ、今までの価値観が、ガラリと変わったときに思わず口に出してしまう声が、重なって聞こえた。この島で一番尊敬されるべき数字が何であるのか、黒ヒゲ先生の講義により、大多数の海賊たちが理解したようだった。

「そんなの、誰が認めるか！　円周率の本質は幾何学！　幾何学で求められたルドルフの数こそが、唯一尊敬されるべき円周率だ。小数点以下４００ケタ？　そんな役に立たない微小な数、いつ斬り捨ててもかまわない！」

「そうだ！」

しかし、ルドルフに加勢するのはもっぱら、「ルドルフの数」のメンバーだけだった。小数点以下36ケタ以下、すなわち、黒ヒゲ先生より下の数は、もう、迷わない顔をしていた。

「うおおおぉ！」

突然、雄たけびが聞こえた。群集の後ろから、一人の男がダカダカッと走ってきた。殺気立ち、剣を握っている。

カキン！　カキン！　……勢いのまま、“26535”と立ち回りを始めた。

「……055384271762803527912882112930……」

何ケタ目なのかわからないが、数字をブツブツつぶやきながら鮮やかな剣さばきを見せているその人物こそ、円周率にとり憑《つ》かれた男、上原ヤマトだった。

「つ、続け！」

誰かが叫んだ。「ルドルフの数」たちの間に、危機感が立ち込めた。

長い髪をなびかせ、まず逃げ出したのは“14159”だった。“26535”も、上原を力で突き飛ばすと、ダダッと走り去った。残りの5人も散り散りに逃げ出す。取り残されたキャプテン・ルドルフの顔に、焦りが訪れた。

「小数点以下36ケタ以下のみなさん！」

浜村渚が、手を振って叫ぶと、今まさに上の位を追いかけようとしていた群集はピタッと止まった。

「誰一人、切りすてないでください。切りすてたら、そこで円周率は途切れてしまいます」

おおーっ！　浜村渚の、数学への誠実さの前に、誰もが心を動かされたようだ。この中学生はすでに、この海賊団のリーダーになっている。

ズドン！

た。

銃声がして、弾が彼女の頬を掠《かす》めた。あの、とろんとした目が見開く。

キャプテン・ルドルフは、チッと舌打ちをしたかと思うと、猛ダッシュで逃げ出した。

「追え！」

ズドドドドと足音を立て、ルドルフの数より下位の数字たちは、ルドルフを追って去っていった。海賊サークルの面々が捕らわれるのも、時間の問題だろう。牢番と肩の上の浜村渚、そして黒ヒゲ先生だけがその場に残った。

すっかり忘れられた僕はと言えば、未《いま》だ、海上三十メートルの細い板の上だ。ズリズリと縛られた足を動かして、なんとか崖の上まで戻ってくる。

「大丈夫ですか？」

牢番の肩からぴょこんと飛び降りた浜村渚は、僕のほうに寄ってきて、ロープを解《ほど》き始めた。右頬は、先ほどの銃弾で赤くなり、少し血がにじみ出ている。

「血、出てるよ」

「あ！」

僕の労《いた》わりなど無視し、ロープを解く手を止める浜村。一体、何が……？

「この結び方、珍しい」

え？　……まさか、こんな場面でも？

「ねえ先生、見てください。この結び方。このまま、こっちの方向に解いたら、結び目が2つできます」

黒ヒゲ先生も僕の後ろに回りこみ、僕の体を縛っているロープの結び目を眺め始めた。

このあと二人はしばらく、ロープを解いてくれることもなく、「結び目理論」について語り合った。まったく、数学好きにはついていけない。僕と、なんとなくその場にいた牢番は、何度か目を見合わせて、苦笑いした。

Σ

黒い三角定規のシンボルマークと、数学海賊団のドクロの旗が掲げられた、島の裏手の高台。晴天の下、青い海がどこまでも広がっている。

キャプテン・ルドルフは一人、海を眺めながら、銃を自分のこめかみに当てた。静かな波の音、人間一人の死を彩るには、あまりに穏やかなＢＧＭだ。

引き金に当てられた指に、力が込められる。

ズドン！　ズドン！

二発の銃声が重なり、次の瞬間、ルドルフの握っていた銃は、見事な放物線を描いて、相模湾の波を目掛けて落ちていった。

彼の手から銃を弾き飛ばした銃弾はもちろん、僕が撃ったものだった。なんとか、間に合った。

「お前たちか」

ルドルフはこちらを振り返り、充血した目で僕たちを睨んだ。

「一番上の数が死んで、どうするんですか」

浜村渚はゆっくりと近づきながら、彼に言った。

「死なせてくれ。俺は、お前たちみたいな、小さい数さえ、支配できなかった」

「よく、わからないですけど……」

浜村は眼下に広がる大海を眺めながら、左手で前髪をいじり始める。

「数は、支配するものじゃなくて、探るものじゃないですかね？」

「探る？」

「はい」

死を覚悟した男は、鼻から酒臭い息を吐くと、蒼白の表情で、それでも不思議そうに聞き返した。

「小数点以下、何万ケタ、何十万ケタ……そんなのを探るのに、なんの意味がある？　なぜ数学者たちは、そんな、小さな数を追い求めるんだ」

浜村は水平線から彼の顔に目を移した。真剣な目。

「そこでしか、体験できないものがあるからです」

「なんだと？」

「この島に来て、初めての授業で教えてもらいました。海と一緒です。果てしなく広く、何が隠れているのか、本当に何かが隠れているのかすらもわからない。けど、私たちは、円周率を求めるんです。私たちを魅了してやまない、円周率を」

「……………」

若き数学海賊の真摯《しんし》な態度に、ルドルフは何も言い返す言葉が見つからないようだった。

浜村は、ルドルフがその場に置いていた剣を拾った。

「海賊なら、宝探しに出かけましょうよ」

ビシッ。剣先が太平洋の彼方に向けられ、太陽の光をキラッと反射させる。

「どこまでも広がる、円周率の海へ！」

ルドルフも、僕も、黒ヒゲ先生も、思わず水平線のほうへ視線をやった。

海を眺めながら円周率に思いを馳《は》せたことのある者にしか、円周率の真の壮大さは理解できないかも知れない。「3.14」から始まるあの数字は、この相模湾を埋め尽くし、太平洋を埋め尽くし、世界中のすべての海を埋め尽くし……それでも、まだ果てることはないのだ。そんなスケールの大きい数を、この小さな女子中学生は、今まっすぐに見つめている！　こんな数を相手に出来るのは、まさに、海賊以外にはいないはずだ。

「どうやら、心配いらなかったようだな」

不意に、僕の後ろで声がした。聞きなれているのに、ひどく懐《なつ》かしい、高慢な声だった。

「瀬島さん！」

浜村が剣を投げ捨て、こっちを見た。確かに、僕の後ろには、いつの間にか瀬島直樹が来ていた。

「いつ、島に来たんだ？」

「今さっきだ。神奈川県警を動かすのに、時間がかかったぜ。機動隊も大勢動員したのに、実行犯はほとんど捕えられたあとだった。大山は、今、やつらを警察の船に押し込む仕事をしてるよ」

僕の顔を見て、皮肉でも言いたげに笑う瀬島。……今回の浜村渚の活躍の、何から話そうか？　できれば、僕の不甲斐《ふがい》なさは秘密にしておきたい。

「おい、浜村！　落し物だ」

僕の気持ちに気づいてか気づかずか、瀬島は浜村に近寄り、あるものを手渡した。

「あーっ！　どこにあったんですか？」

それはもちろん、彼女が友人からもらった、大事なピンクのシャーペンである。

「コンビニに落ちてたよ。それで、お前らが拉致されたのがわかったんだ」

「ありがとうございますうっ！」

天真爛漫《てんしんらんまん》に飛び上がる浜村。僕はそんな彼女の姿を見て、ある可能性に気づき、恐ろしさすら感じた。

ひょっとして……わざと、落としてきた？

無駄な邪推《じやすい》をする僕の前で彼女は、ひとしきり喜んだあと、キャプテン・ルドルフのほうを振り向いて、にっこり笑った。

「キャプテン。私の宝物、見つかっちゃいました」

彼はそれを聞いてあんぐりと口を開けた。がっくりと膝《ひざ》を落とし、そのまま上半身をも後ろに倒し、仰向《あおむ》けになって、ドカンと両手を投げ出す。そして少しの間を空け、堰《せき》を切ったように、がはははははっと豪快に笑い始めた。はっきり確認は出来なかったが、充血した目には、涙すら浮かんでいるようにも見えた。

風が吹いて旗がたなびく。水色のドクロの額にはしっかりと、「π」の文字が刻まれていた。それは、かの永遠に続く数字をたった一文字に閉じ込めた、大胆不敵な人類の叡智《えいち》だった。

Π

津殿署の前に、一台のパトカーが用意された。時刻は夜の七時を回っている。

「こっちに泊まってけばいいのに」

大山はそう言って、手元の資料をぱたんと閉じた。

「それはダメです。学校、三日も休んじゃったし。明日、一時間目から体育ですよ」

浜村渚は、シャワーを浴びたあとで、さっぱりしている。

海賊たちが逮捕されたとは言え、津殿署の慌《あわただ》しさは変わらない。むしろ、この静かな町で前代未聞《ぜんだいみもん》の一斉検挙《いっせいけんきょ》ということで、前にも増して関係者の出入りが激しくなった。島から帰ったばかりの僕も、三日間の出来事を報告書にまとめなければならず署に残ることになった。

そんな中、中学生の浜村渚は学業のため、神奈川県警がパトカーで千葉まで送り返してくれることになったのだ。

「浜村渚！」

パトカーに向かう彼女を、呼び止める声があった。

上原ヤマトだ。

「どうしたんですか、ヤマトさん？」

彼は小走りでパトカーの前まで来ると、あの鋭い目を恥ずかしそうに伏せた。

「俺は……今まで、自分が円周率を記憶していることが、無意味なことだと思ってた。それは、誰も、なんの役に立つか教えてくれなかったからだ」

そして、不思議そうな顔をしている浜村渚に一歩近づき、

「今回、お前のために役に立てたこと、俺は誇りに思う」

そう言い放った。

円周率を十万ケタまで言えるという特技……この壮絶な三日間を過ごした僕にとって、これほど尊敬すべき技はない。

浜村は少し考えたあと、右手の人差し指を立て、自分の唇《くちびる》の脇あたりに添えた。

「ヤマトさん、円周率って、今、何ケタくらいまで求められているか知ってます？」

「え？」

「一兆ケタですよ、一兆ケタ」

「一兆……」

どれくらいのケタ数なのか想像もつかない。上原の目線が、宙に浮いた。

「一生チャレンジし続けられることがあるなんて、うらやましいです」

浜村渚はそう言ってニコッと笑うと、軽く手を振って、パトカーの後部座席に消えていった。

エンジンがうなり出し、パトカーは走り出す。

赤いテールランプが、みるみるうちに遠ざかっていくのを、僕と上原は静かに見送った。

——数学が、好きだからです。

浜村渚。数学が好きなだけの、普通の女の子。だけど、数学テロを憎んでいる僕たちでさえ、彼女の前では数学の魅力に包まれてしまう。解決に何千年も歳月のかかる難問や、あっと驚く美しい解法が、この世界にはまだまだたくさん眠っていて、彼女を待っているのだろう。

「武藤！」

名を呼ばれ、われに返って振り返る。津殿署の入り口で、瀬島が両手を大げさに振りながら叫んでいた。

「ドクター・ピタゴラスの声明が、『Zeta Tube』にアップされたぞ！」

……またか！

手招きする彼に向かって走りながら、浜村渚は明日の一時間目の体育に参加できるだろうかと、僕は考えた。

ぽつんと取り残された上原ヤマトの背後には、何も知らない波の音がただ永遠に続いているようだった。

To be continued.

※作中に登場する円周率の歴史については、『Newton　数学でわかる宇宙と自然の不思議（ニュートンプレス・２００２年）』に拠る。

※本作品はフィクションです。
現実の事件、人物、団体等とは一切関係ありません。

浜村渚の計算ノート　あとがき

こんにちは、青柳碧人《あおやぎあいと》と申します。本屋で立ち読み中のみなさま、円周率は3.14までで十分ですので、どうぞ、僕の名前だけでも憶えて帰ってください。

東京・両国に回向院《えこういん》というお寺があります。もともとは明暦の大火で亡くなった人たちの魂を祀《まつ》るために建てられたそうですが、現在では義賊・鼠小僧次郎吉《ねずみこぞうじろきち》のお墓があることで有名です。その鼠小僧のお墓の裏に、ひっそりと江戸時代の戯作者《げさくしゃ》、山東《さんとう》京伝《きょうでん》先生のお墓があるのです。作家として世にストーリーを届ける存在になりたいと願っていた二〇〇八年の桜の季節、僕はどうかお力添えをとこのお墓に手を合わせました。

本書『浜村渚の計算ノート』はそれからほぼ一年後、二〇〇九年七月に「講談社Ｂｉｒｔｈ」というレーベルから刊行された、僕のデビュー作であります。山東京伝先生は偉大です。

とはいえ、この小説はもともと出版社への応募原稿として書き始めたものではありませんでした。

既存の「数学が事件を解決する」という類《たぐい》の作品を読んで「難しいなあ」と思った僕が、本当の意味での初心者向けであり、かつ数学への愛に満ち溢れており、できれば読んでいるうちに数学の知識が身につく(あるいは、そんな気になる)作品が読みたくて、この際自分で書いてニヤリと笑ってしまおうというきっかけで書いた「自分向け小説」だったのです(なので、大人の読者でも十分楽しめる内容となっているはずです)。主人公は一挙一動が鼻につくガチンコ理系のやさ男などではなく、可愛い中学生の女の子のほうがいいというのは(少なくとも僕にとっては)当たり前のことでした。そして、悪役も、数学が好きすぎてちょっと歪《ゆが》んでしまった、どことなく憎めないテロリストということにしました。

実をいうと、浜村渚にはモデルがいます。しかし、あえて特定のモデルというのではなく、数学を勉強していくうちに一度でも、この性質は美しいなと思ったことがあるすべての中学生がモデルである、ということにしておきましょう。

思い通りの作品になりました。そして文庫になりました。嬉しい限りです。

二〇〇九年の夏、僕は再び回向院を訪れ、前述の話を和尚さんにして、本書を一冊奉納（進呈？）させていただきました。こんないきさつで、「黒い三角定規」事件で命を落とした被害者は、僕の中ではこのお寺に眠っていることになっています。両国へ行った時にはぜひ足を運んでみてください。


謝辞です。

デビュー後も僕を支えてくださる講談社の編集部のみなさま、ありがとうございます。いつもたくさんのヒントをくれる塾の先生方、生徒・卒業生のみなさま、ありがとうございます。日本各地で宣伝活動にいそしんでくれている、早稲田大学クイズ研究会の仲間たち、古くからの友人たち、ありがとうございます。今度、うどんでもおごります。

そして、何といっても読者のみなさま、ありがとうございます。みなさまのおかげで浜村渚を講談社文庫にデビューさせることができました。特に、本作を初めて刊行したあの夏、アンケートハガキに「今までで一番の本に出会えました！」と書いて送ってくれた当時中三の女の子、あなたのその感想だけでこの本を書いた価値はあったというものです。本当にありがとう。そしてこれからも、もっともっとステキな本に出会ってください。

——さて、最後に少し、重い話をします。

この本の文庫化のお話をいただき、まさに直しと最終チェックを行っていた二〇一一年三月一一日の昼下がりのこと、自宅で大きな揺れを感じました。後々まで語り継がれることになるであろう、東日本大震災です。浜村渚の住んでいる千葉市近くの臨海部でも石油精製工場が炎上、埋め立て地であるオフィス街・住宅街も液状化現象により道路のあちこちから泥が噴き出す大惨事に見舞われました。連日の東北地方や茨城の被災地の惨状を伝える報道。同日深夜に発生した長野県の地震でも大きな被害が出たと聞きます。普段はのんきな僕もさすがに心を痛め、自分に何ができるのかと考え、この本による収益の一部は被災地の復興のために寄付させていただくことにしました。

しかしながら、これは一時の金銭的な支援にすぎません。

大事なのは心の支援と未来へつなぐ希望だと僕は思います。

遠くない将来、かつてこの『浜村渚の計算ノート』を読んだ少年少女が一人でも多く、それぞれの得意分野を持つ大人に成長していること。そして、渚が警察に手を貸したように、彼ら彼女らが、自分の得意分野への深い愛を持って、困っている人を積極的に助けられる存在になっていること。

これが、あの大震災の時に比較的安全な地域にいて何もできなかった、一人の無力な小説家の切なる願いであり、未来へつなごうとする小さな希望です。

どうぞこれからもよろしくお願いします。

すべての数学が好きな人たちと、すべてのそうでもない人たちへ。

二〇一一年、春　青柳碧人

現実と虚構の壁をぶち壊せ！

本の世界は、ふつう、フィクションとノンフィクションに分かれている。読者の頭の中でも、この2つの分野の境界線は、かなりくっきりと引かれていることが多い。

数学の解説書や入門書の類はノンフィクションだし、数学者の伝記もまた然《しか》り。数学トリックが登場するミステリーやSFはフィクションに分類される。でも、そういった二分法は、惰性から生まれた思考の澱《よど》みにすぎない。思想や形式が成熟しきった現代社会においては、ほとんどメリットのない区分けなのだ。

最近は、本屋さんの棚を眺めても、昔どこかで読んだことのあるような題名と中身の本ばかりが延々と並んでいて、ほんとに嫌になっちまう。旧態依然とした「ジャンル」にこだわってばかりいると、そのうち、出版業界は死滅してしまうゾ。

絵画の世界でも音楽の世界でも、古いジャンルを打ち破り、新しい形式を確立しながら発展するのがふつうだ。日本の書籍業界も、そろそろ、ジャンルの壁をぶち壊す作家が出てきていい頃だよ。

そんな鬱憤《うっぷん》を抱え込んでいたとき、青柳碧人《あおやぎあいと》の作品に出逢った。新人らしい初々しさが残る文章は、見事にフィクションとノンフィクションの壁をぶち壊し、数学オタクも一般読者も楽しめる佳作に仕上がっていた。『浜村渚《はまむらなぎさ》の計算ノート』は、「現実と虚構のはざま」をスイスイ泳ぎ回っているようで、実に痛快だ。

・本書はこう読め（ただし、ネタバレ注意！）

さて、以下はネタバレになるので、万が一、まだ本文を読んでいない方は、絶対に読まないように。てゆーか、ちゃんと本文を読んでから、この解説に戻って来るように。

……さらに念を入れて、ちょっとスペースを空けておきます（笑）。

本書は、まず、目次からして嬉しい。log10.と来た時点で、数学好きなら誰でも「ニヤリ」とするにちがいない。さらに$\sqrt{1}$、$\sqrt{4}$という節の番号も凝ってるねぇ。それから、log1000.章の節の番号が凄い。見た瞬間、「キター、フィボナッチ〜」と拍手喝采《かっさい》である。

最初の連続殺人が「四色問題」の塗り絵という趣向は、数学解説書と小説の融合の最たるもの。おそらく、ここまで読んできた読者は、この本の「リアル感」に自らの頭を合わせてゆかねばならぬことを悟るであろう(だいたい、最近の読者は甘やかされすぎてるよ。ふ、作家が読者のレベルに合わせなくちゃいけない、なんて馬鹿げたルール、いったい誰が始めたんだろうねぇ)。

リアル感は、小説や映画などでよく問題にされるが、たいていの場合、創作者側の力量としか見られないことが多い。だが、オレにいわせれば、そもそも何をリアルと感じるかなんて、十人十色なのであり、自由なのであり、だからこそ、大衆受けはしないけれど、熱狂的なファンがつく作品なんてのも存在したっていい。

日本の数学政策に異議を唱えてテロを引き起こす、という設定には、思わず爆笑。そして、四色問題がらみの連続殺人事件! そこになにがしかの「リアル感」を見出した読者は、青柳碧人の世界を存分に愉《たの》しむ資格がある。フツーっぽくない本書は、その意味で、読者を選ぶ本なのだ。うん、いいね、こういう上から目線の本。オレもこういうのを書いてみたい(笑)。

おっと、褒めてばかりじゃいかんな。少し注文もつけておこうか。

これはオレの個人的な趣味だが、四色問題の「うんちく」は、できれば、もっと突っ込んで欲しかった。四色問題の解決に失敗した数学者列伝とか、最終的に問題を「定理」へと昇格させた数学者アッペルとハーケンの手法とか、本文で無理なら、章末でじっくり解説してもよかったのではなかろうか(あくまで個人的な趣味だけどね!)。

殺人塗り絵を阻止する方法は、「あ、市町村合併だな」と、すぐに察しがついた。読者は、作家が出した謎解きを愉しむものだが、「ふ、当たってたな」と、オレがほくそ笑んだ時点で、もしかしたら、作家の術中にハマっているのかもしれないけどね。

ζ

log100. 章の「ゼロの起源」のうんちくは実に面白い。特に、帰国子女の瀬島《せじま》と武藤《むとう》・大《おお》山《やま》コンビの会話が小気味良い。

「(中略)0個のリンゴを4人で分けたら、一人分は何個だ?」

「……0個?」

「そうだ。もともとリンゴなんかないのだから、一人分も0個。つまり、0÷4＝0だ。それじゃあ、4個のリンゴを0人で分けたら、一人分は?」

「0個」

「ちがう。今度は、リンゴはあるけど、人はいないっていう話だ。『分ける』という行為自体、成り立たない」

圧巻は、この章のオチだ。オレは商売柄、本でも映画でも、常に「筋書き」を先読みする癖があって、さきほどの市町村合併もそうだが、log100. 章のZガスの隠し場所も額縁《がくぶち》だと予想がついた。だが、浜村渚の
「0で割っちゃ、ダメです」

という発言、そして、

「これは、私たち人類が悪魔と交わした、数学史上最も重要な約束の一つです」

というダメ押しには恐れ入った。こういう形のオチは全く想定外。正直、やられちまったな、という印象だ。

そもそも、先読み癖のある読者の予想をきれいに裏切るのは、職業作家に欠かせない技術の一つだ。筋書きを完全に予想されては、読者との知恵比べに作家が負けたことになる。かといって、無理矢理、汚いこじつけで予想を裏切ってしまったら、それは読者への背信行為だ。

ゼロで割ってはいけない、という形での犯人逮捕は、まさにフィクションとノンフィクションが融合し、別次元へと昇華した本作ならではのオチだといえるだろう。なんか、往年の筒井《つつい》康隆《やすたか》先生のメタフィクション的な雰囲気を感じさせて、とてもいいよね。

log1000. 章のフィボナッチは、個人的に懐かしい想い出がある。オレはこの5年間、『たけしのコマ大数学科』（フジテレビ系、月曜深夜）という数学エンタテインメント番組の解説をしているのだが、この名物番組の第1回目の放送が「フィボナッチ」だったのだ。

本作の179ページで浜村渚が実演しているが、一段下りるか一段とばして二段下りるかという選択が与えられたとき、n段下りるのに何通りの方法があるかは、フィボナッチ数列で求められる。

テレビでは、コマ大チーム（＝たけし軍団）が身体を張って、まさに1日がかりで階段を上り下りしながら、フィボナッチ数列を検証していった。この血と涙の検証の回は、後に2007年度の国際エミー賞にもノミネートされ、オレもたけしさんにくっついて、ニューヨークの授賞式のレッドカーペットを歩いたっけ。数学を勉強していて、あれだけ興奮し、感動したのは、後にも先にもあの11月の凍《い》てつく寒さのニューヨークの授賞式しかない。

ところで、この章で思わず笑ったのが、

「そういう数学者たちは、予測不能な言動をする者が多いからだ。端的に言えば、奇人ばかりなのである」

という箇所。

実際、オレが知ってる数学者（および数学科出身者ども）は、軒並《のきな》み奇人変人であり、それも愛すべき奇人変人が多い。数学者というと「計算が得意な人」というイメージが強いかもしれないが、純粋数学の世界の住人は、下手すると、ほとんど数字を使わず、極度に抽象的な「ゲーム」の世界で遊んでいる。そのため、現実の物理空間とのつながりが希薄になり、端《はた》からは奇人変人にしか見えない。

この解説の冒頭で、現実と虚構のはざまと言ったが、ある意味、数学という営みそのものが、現実と虚構のはざまの世界なんだろうなぁ。

ζ

最終章は「お約束」というべきか、πづくしで、一気にストーリーが収束してゆく。

「数は、支配するものじゃなくて、探るものじゃないですかね？」

という浜村渚の言葉には、どこかハッとさせるものがある。オレたちは、人生において、数学を受験における競争だけに使って来なかったか？　あるいは、金勘定だけに使って来なかったか？　もちろん、そういった使い方があってもかまわない。だけど、忙《せわ》しない現代社会では、どうしても、数学を純粋に探究して、素朴に愉しむことがなおざりになりがちだ。みんな、大切なものを、どこかに置き忘れて来ちゃったのかなぁ。

かくいうオレ自身、齢《よわい》50を超えて、ようやく純粋に「数楽」とつきあうことができるようになってきた。『たけしのコマ大数学科』では、大学の入試問題や数学・算数オリンピックの問題なども出題するのだが、解答を見る前に、必ず自分で解いてみる。なぜかといえば、まさに浜村渚の、
「そこでしか、体験できないものがあるからです」
という理由なのだ。

仕事の効率だけを考えるのであれば、誰かが作成した模範解答を読んで、それを解説すればいいだけの話。でも、それじゃあ、せっかくの数学の奥深さや意外性や愉しみを素通りすることになっちまう。もったいないじゃねえか！　だから、番組の収録の一週間ほど前に、場合によっては丸一日かけて、いろいろな解法を自分で発見するようにしている。これは、数学オタクにだけしかわからない、愉悦《ゆえつ》の時なのだ。

というわけで、オレは浜村渚の言っていることや感じていることが、凄くよくわかるし、終始「うんうん、そうだよなぁ」と共感しながら、読み進めてしまった。

・理数系の危機？

現代日本の教育は、どこかまちがっている。高木《たかぎ》源一郎《げんいちろう》でなくとも、そういった危機感を抱いている人は多いはずだ。

たとえば、オレが高校生だった頃、物理学の履修率は90%程度だった。ところが今は、30%を切ってしまった。3分の1だぜ、3分の1。いったい、どうなってやがんだ。高校生の9割が物理学を学ぶ国と、高校生の7割が物理学を学ばない国とじゃ、モノ作りを始めとした産業の国際競争力に大きな差が出るのはあたりまえだろが。

同じことは（地震や天文を含む）地学にも言える。地学の履修率は物理学の比じゃない。今や地学の履修率は数%にまで落ち込んでしまった（涙）。

こういった「歪《いびつ》」な理系教育は、今のうちになんとかしないと、手遅れになっちまう。たしかに芸術や法律や経済やスポーツも大切だが、エネルギーを作り、モノを作る力の基礎となる、理数系の科目がないがしろにされている現状は、この国の暗い将来を暗示している。

人々は震災に怯え、戦《おのの》くが、地震のメカニズムを若者のほとんどは、きちんと勉強しないシステムになっているわけだ。人々は「はやぶさ」の宇宙探査と劇的な帰還に涙するが、若者のほとんどは宇宙についてきちんと学ばない仕組みがまかり通っているのだ。ああ、なんという皮肉、なんという矛盾。

そういった視点から、改めて『浜村渚の計算ノート』を読み直してみると、いたるところに「理数系の危機感」を読み取ることができる。それが作者の意図したところかどうかは不明だが、オレとしては、（ロラン・バルト流の「テクストの快楽」という原則を楯《たて》に、）一種の時評としての本書の役割があってもいいと思うんだ。

・次回作へのエール

本作を読み終えて、終わりが「スター・ウォーズ」の第1作に似ていると感じた（笑）。いまでこそSF映画の代名詞で、世界中に熱狂的なファンがいるわけだが、公開当時は、あまりに斬新なCGに観客は圧倒されっぱなしだった（てゆーか、それ以降の宇宙活劇は全て「スター・ウォーズ」の焼き直しみたいに見えたんだけどね）。

悪役ダース・ベイダーが宇宙空間へと脱出するシーンは、「あ、続きがある展開だ」と、劇場を出た瞬間から、首を長くして次回作を待ち望んだっけ。

『浜村渚の計算ノート』も、「スター・ウォーズ」の皇帝よろしく、黒幕が姿を見せずに終わる。作者が次回作を書く気満々であることをうかがわせる。

新ジャンルの小説ということで、単行本では、たまたま、その本棚に通《かよ》っている読者だけが買った、といった事情があったかもしれないが、文庫化されると、全く新しい読者層に本が届くことになる。

オレ自身の経験で申し訳ないが、単行本のときは初版7千部で重版がかからなかった本が、数年後に文庫化されたとたん、あっという間に10万部を超えたことがあり、正直、おったまげた。本の中身はほとんど変わっていないのに、本棚が変わるだけで、読者が何十倍にも拡がることがあるんですなぁ。

『浜村渚の計算ノート』も、文庫化により、新たな読者の手に取られ、起爆剤となり、次回作（すでに『ふしぎの国の期末テスト』として刊行済み）、三作目（すでに『浜村渚の水色コンパス』として刊行済み）、シリーズ化という道を邁進《まいしん》してもらいたい。

以上、徹底的に上から目線の解説でゴメン。

青柳碧人と浜村渚のご武運をお祈り申し上げる。

万年科学作家　竹内《たけうち》 薫《かおる》

●本書は、二〇〇九年七月、講談社Ｂｉｒｔｈとして刊行されました。

|著者| 青柳碧人 1980年、千葉県生まれ。早稲田大学教育学部卒業。早稲田大学クイズ研究会OB。本書『浜村渚の計算ノート』で第3回「講談社Birth」小説部門を受賞し、小説家デビュー。同作はシリーズ化され、現在までに『浜村渚の計算ノート 2さつめ ふしぎの国の期末テスト』『浜村渚の計算ノート 3さつめ 水色コンパスと恋する幾何学』『浜村渚の計算ノート 3と1/2さつめ ふえるま島の最終定理』(いずれも講談社文庫)が刊行されている。その他の著書として、『千葉県立海中高校』『雨乞い部っ!』『雨乞い部っ! 2 ~濡れよ若人、雨乞い甲子園~』『希土類少女』(いずれも講談社)、『判決はCMのあとで』(角川書店)、『ヘンたて 幹館大学ヘンな建物研究会』(早川書房)がある。

浜村渚《はまむらなぎさ》の計算《けいさん》ノート

青柳碧人《あおやぎあいと》

2011年6月15日第1刷発行
2013年1月24日第20刷発行

発行者――鈴木 哲
発行所――株式会社 講談社
東京都文京区音羽2-12-21 〒112-8001
電話 出版部 (03) 5395-3510
販売部 (03) 5395-5817
業務部 (03) 5395-3615

Printed in Japan

講談社文庫
定価はカバーに表示してあります

デザイン―菊地信義
本文データ制作―講談社デジタル製作部
印刷―――豊国印刷株式会社
製本―――株式会社大進堂

ISBN978-4-06-276981-5

講談社文庫刊行の辞

二十一世紀の到来を目睫に望みながら、われわれはいま、人類史上かつて例を見ない巨大な転換期をむかえようとしている。

世界も、日本も、激動の予兆に対する期待とおののきを内に蔵して、未知の時代に歩み入ろうとしている。このときにあたり、創業の人野間清治の「ナショナル・エデュケイター」への志を現代に甦らせようと意図して、われわれはここに古今の文芸作品はいうまでもなく、ひろく人文・社会・自然の諸科学から東西の名著を網羅する、新しい綜合文庫の発刊を決意した。

激動の転換期はまた断絶の時代である。われわれは戦後二十五年間の出版文化のありかたへの深い反省をこめて、この断絶の時代にあえて人間的な持続を求めようとする。いたずらに浮薄な商業主義のあだ花を追い求めることなく、長期にわたって良書に生命をあたえようとつとめるところにしか、今後の出版文化の真の繁栄はあり得ないと信じるからである。

同時にわれわれはこの綜合文庫の刊行を通じて、人文・社会・自然の諸科学が、結局人間の学にほかならないことを立証しようと願っている。かつて知識とは、「汝自身を知る」ことにつきていた。現代社会の瑣末な情報の氾濫のなかから、力強い知識の源泉を掘り起し、技術文明のただなかに、生きた人間の姿を復活させること。それこそわれわれの切なる希求である。

われわれは権威に盲従せず、俗流に媚びることなく、渾然一体となって日本の「草の根」をかたちづくる若く新しい世代の人々に、心をこめてこの新しい綜合文庫をおくり届けたい。それは知識の泉であるとともに感受性のふるさとであり、もっとも有機的に組織され、社会に開かれた万人のための大学をめざしている。大方の支援と協力を衷心より切望してやまない。

一九七一年七月

野間省一